「かわいらしいことをする。私にそんな姿を
見せたら、もう歯止めは利かないよ」

「レオンさん――」

「君を愛してる」

（本文より）

ダイヤモンド・エクスプレス
～伯爵との甘美な恋～

御堂なな子
イラスト／明神　翼

この物語はフィクションであり、実際の人物・
団体・事件等とは、一切関係ありません。

CONTENTS

ダイヤモンド・エクスプレス ～伯爵との甘美な恋～

1

TGV、ユーロスター、ICE、レイルジェット、タリス、グレッシャー、ベルニナ。ヨーロッパには鉄道ファンが憧《あこが》れる、有名な列車がたくさんある。

成田《なりた》空港からドイツのフランクフルトへ飛び、そこからICE高速新線を使って、ケルン経由でオランダのアムステルダムへ。アムステルダムを市電で回った後に、タリス高速鉄道に乗り換えて、ベルギーのブリュッセルへと向かう。ブリュッセルからフランスのパリまでは、同じタリスで約一時間半の距離だ。

「うわあ…っ、オレンジ色のTGVだ！　今はシルバーの塗装ばっかりなのに、開業当時のままのレアカラーに出会えるなんて！　ああっ、あそこに二階建てのデュープレックスが停まってる！　さすがパリ北駅――。ここに来てよかったあ……っ」

花の都パリは、ヨーロッパの主要都市を巡る旅の、ハイライトの一つ。東京の旅行代理店に勤めている七尾輪《ななおりん》は、ここを訪れた目的を半分忘れて、興奮しながらカメラのシャッターを押した。二十一歳にしては童顔の輪の瞳は、大好きなものを前にすると、きらきらと少年のように輝く。

ファインダーの向こうに見えるのは、ホームにずらりと居並ぶ列車だ。国際ターミナルのこの駅は、ヨーロッパの鉄道網を代表する列車がたくさん集まる。海外の鉄道をこよなく愛する鉄道オタク、その名も『海外鉄』であり『撮り鉄』でもある輪にとっては、写真を撮っても撮っても撮り足りない。

この姿を会社の先輩に見られたら、オタクばかりやってないで仕事をしろ、と、小言の一つも言われそうだ。輪は入社二年目の若手社員で、新婚旅行を計画しているお客様に向けた、海外旅行プランナーとして働いている。

旅行業の専門学校を卒業して、希望の会社に就職できたものの、プランナーとしてはひよっ子の輪は、目立った営業成績を上げられていない。がんばって新婚旅行プランを立てても、上司からやり直しを言い渡されることもしばしばだ。その理由は、輪の鉄道オタクならではの、強過ぎるこだわりが原因だった。

「TGVに乗って、パリからマルセイユ、ニースに向かう地中海ツアーとか、どうだろう。コート・ダジュールはリゾートの定番だしなあ。ああ、でも、ICEでドイツ方面の歴史街道を巡るツアーも捨て難《がた》いし……。僕なら列車のはしごを何日でも続けたいよ」

輪が立てる新婚旅行プランには、必ず鉄道が入っている。パックツアーでは距離の近い都市間の移動はバス、遠方への移動は飛行機をチャーターすることが多い。でも、輪は旅行の醍醐《だいご》味《み》は鉄道にあると、固く信じている。個人旅行の新婚旅行だからこそ、パックツアーではできない、鉄道を使ったきめ細かい旅ができる、と。

一生忘れられない思い出になる新婚旅行を提案するのが、輪の目標だ。鉄道オタクの狭くて深い知識を総動員して、最高の新婚旅行プランを立てるために、輪は有名列車が走るヨーロッパへ、会社の有給休暇を目一杯使ってやって来たのだった。

駅構内のホームに立ち止まっては写真を撮り、着替えの入ったスーツケースをがらごろ鳴らしながら次のホームへと移動して、また写真を撮る。擦れ違う乗客たちはちょっと怪訝《けげん》な顔をしながら、鉄道オタクの日本人の脇を通り過ぎていく。

情熱のほとんどを鉄道と仕事に費《つい》やしている輪は、小作りの整った顔立ちをしている割に、自分のことはまったく無頓着だ。会社に入ったばかりの頃は、先輩の女性社員にかわいいと言われたりもしたけれど、鉄道オタクだと分かると潮が引くようにアイドル視をされなくなった。

どんなジャンルでも、オタクはあまりモテないらしい。でも、元々おとなしい性格で、恋愛に晩生《おくて》な輪は、女の子と付き合うよりも、こうして列車の写真を撮っている方が楽しかった。それがめったに見ることができない、特別な列車ならなおさらだ。

「え……？　もしかして、あそこに停車しているのは……」

輪は立ち止まって、奥まったホームに鎮座《ちんざ》している、深い藍色の車体に金色の装飾を施した列車を眺めた。カメラを握っている手に、無意識に力が入る。輪は円《つぶ》らな瞳を大きく瞬かせて、その列車の名前を呟いた。

「——ダイヤモンド・エクスプレス——」

どきどきっ、と胸が高鳴り、気付いた時には、輪はもう駆け出していた。だんだんと視界に迫ってくる堅牢《けんろう》な構造の機関車。そこに連結する、鉄道が限られた人だけに許された贅沢《ぜいたく》な乗り物だった時代の空気を宿す、高級感の漂う客車。

輪は、夢を見ているんじゃないかと思った。世界で一番好きな、憧れの豪華列車が、輪の目の前に停車している。

「本当に、本物だ……っ。信じられない。ダイヤモンド・エクスプレスに会えるなんて！」

一年に十回ほどしか運行しない、幻の豪華列車、ダイヤモンド・エクスプレス。英国王室のお召《めし》列車が起源という歴史を持ち、現在でも各国の王室や上流貴族など、セレブな人々しか乗車できないことで有名だ。輪はもちろん、目にするのは初めてで、興奮で手を震わせながらカメラを構えた。

「すごい、……すごい…っ。何て綺麗《きれい》な列車なんだろう。トレードマークの深い藍色、フランス語でいうところのアンディゴ・クルールだ。ホームに停まってるだけでこんなに絵になる列車なんて、他にないよ……っ」

パシャパシャ、パシャッ、パシャッ。輪は衝動のまま、立て続けにシャッターを切った。ホームの端ににじり寄り、あらゆる角度から憧れの列車をファインダーに収める。

あんまり夢中に写真を撮り過ぎて、周囲に気を配る余裕なんてなかった。ピピーッ、と警笛《けいてき》を鳴らされて初めて、輪は自分が警備員に囲まれていることに気付いた。

「君！　そこで何をしているんだ！」

「えっ？」

「速《すみ》やかにホームから離れなさい！　この列車は関係者以外立ち入り禁止だ！」

いきなり早口で捲し立てられて、輪は面食らった。ヨーロッパの鉄道にのめり込むあまり、フランス語も英語もドイツ語も話せるようになったのに、警備員たちが何を言っているのか全然聞き取れない。

「あっ、あの…っ？　すみません、ゆっくり話してくださ――」

「カメラの確認をさせてもらう。それをこっちへ渡しなさい」

「え…、ちょっ、カメラには触らないで。これは大事なものなんです。乱暴なことをしないでください…っ！」

「君っ、抵抗しないで、我々に従いなさい！」

「不審者め！　構わん、取り押さえろ！」

「離してください！　痛い…っ！　僕は旅行者です。怪しい者じゃありません！」

不審者、という単語が、輪の耳に飛び込んでくる。首から提げていたカメラのベルトを引っ張られ、本体ごと奪い取られて、輪は青褪《あおざ》めた。もしカメラを壊されたら、撮り溜めた列車の写真が駄目になってしまう。

「やめて、返してください……っ！　お願いです、カメラを返して！」

屈強《くっきょう》な警備員たちに羽交《はが》い絞《じ》めにされながら、輪は必死になって暴れた。せっかく幻の豪華列車を目にすることができたのに、こんなことになるなんて。すると、野次馬が集まってきたホ

ームに、どこかからフランス語のよく通る声が響いた。

「――やめなさい。乱暴なことはよすんだ」

は、と警備員たちが動きを止め、輪の腕や服を掴んでいた手を少し緩める。輪は何が起こったのか理解できずに、ぐしゃぐしゃに乱れた前髪の奥から、声がした方を見た。

「こ、これは、閣下！　お見苦しいところをお目にかけました。すぐに不審者を隔離いたしますので、お許しください」

警備員の一人が、緊張した面持ちで敬礼をする。閣下と呼ばれたその人は、カメラを奪われた輪を見て、同情するように眉をひそめた。

「彼を離してやってはどうか。見たところ、普通の旅行者じゃないか。彼のカメラを返してあげなさい」

「しかし、この列車は特別警戒中です。ルールは徹底いたしませんと、乗客の方々にご迷惑がかかります」

「ルールは言葉で諭《さと》せば済むことだ。列車の安全を守る君たちが、冷静さを失ってどうする。さあ、早く彼を解放しなさい。これ以上大きな騒ぎにするというのなら、警備の長に私から話をつけよう」

警備員たちは顔を見合わせると、輪に渋々カメラを返してくれた。輪は大切なそれを胸に抱き締めて、訳が分からないまま、彼らが自分のそばを離れていくまで呆然《ぼうぜん》としていた。

「君、大丈夫か？　どこかケガをしていないか？」

「あ…っ、す、すみませんっ」

輪は我に返って、警備員を諫《いさ》めてくれた人の方を振り向いた。

見上げるほど高い長身に、上質なスーツを纏《まと》った紳士。緩くウェーブのかかる、豊かな亜麻色《あまいろ》の髪。彼の瞳はとても印象的な翡翠《ひすい》色で、彫刻のように陰影のはっきりとした顔を引き立てている。すっと伸びた高い鼻梁《びりょう》は勇ましく、男性的な頬のラインも精悍《せいかん》なのに、微笑んだ口元はとても甘やかで、優美な雰囲気を漂わせていた。

「……あ……あなた、は……」

一目見ただけで、輪の瞳が吸い寄せられる。単に、その紳士が華麗な外見をしていたからじゃない。輪は彼のことを知っていた。

「あの…っ、あなたは、レオン・ネーベルヴァルトさんではありませんか？　このダイヤモンド・エクスプレスを造った、著名なトレイン・デザイナーの――」

どきん、どきん、と胸を鳴らし、期待を込めて尋《たず》ねてみる。すると、彼はびっくりしたように瞳を丸くした。

「ああ、確かに私がネーベルヴァルトだが。驚いたな、何故、私のことを？」

「やっぱり、ご本人でしたか！」

信じられない出来事が立て続けに起きて、輪は卒倒しそうだった。どうにか足を踏ん張って、舌を噛みそうになりながら言葉を続ける。

「お、お、お会いできて光栄です。まさか…っ、豪華列車の神様が、僕の目の前にいらっしゃるなんて！」

「神様？　それは本当の神様に申し訳が立たないよ」

「いいえっ。僕のような鉄道ファンの間では、ネーベルヴァルトさんはそう呼ばれているんです。あなたの著書を、全部読みました。雑誌やネットのニュースも、あなたの記事はいつもチェックしています。僕は、ネーベルヴァルトさんが手掛けた列車の大ファンなんです」

「あ、ああ、ありがとう」

「こちらこそ。あの、お礼が遅くなってしまってすみません。さっきは助けてくださって、本当にありがとうございました！」

思い切り頭を下げた輪を、レオンは少し戸惑った顔をして見つめながら、亜麻色の髪を掻き上げた。

彼の正式な名は、レオン・アルフレート・フォン・ネーベルヴァルト。二十八歳にして伯爵の称号を持つ、オーストリアとドイツに挟まれたネーベルブルク国の、有名な貴族だ。成人してすぐに爵位を継いだ、セレブの中のセレブであるだけでなく、鉄道会社から引っ張りだこのトレイン・デザイナーとして、世界各国で活躍している。

本来列車は、走る精密機械であり、武骨な金属の塊《かたまり》だ。装飾や塗装で車両の外観を美しく仕上げ、内装にはホテルさながらの設備を施し、心地いいインテリアを配置する。乗客の目を楽しませ、寛《くつろ》ぎを演出する、それらのデザインを全て請け負うのが、トレイン・デザイナーの仕事だ。

レオンが手掛けた列車の中でも、ダイヤモンド・エクスプレスは、優雅さ、格調高さ、デザインの芸術性、機能性、全てが世界最高という評価を受けている。日本の鉄道オタクの間でもレオンは人気と尊敬を集めていて、ネーベルヴァルト家の居城をこっそり観光することを、聖地巡礼と呼んでいるオタクもいるほどだ。

（パリへ来て、本当に、本当によかった。神様が僕のすぐそばにいる。嘘みたいだ——）

どきん、どきん、ひっきりなしに鳴る鼓動を、どうすることもできない。輪が服の下を緊張の汗でびっしょりにしていると、神様の方から話しかけてくれた。

「警備員たちに囲まれて驚いただろう。きっと気分を害しただろうが、職務に忠実な彼らのことを許してほしい」

「いえ…、僕がいけなかったんです。幻の豪華列車を見て、つい興奮してしまって。あんなに警備が厳しいとは思わなくて…」

「少し事情があってね、この列車の安全を確保するために、仕方のないことなんだ。それよりも君、フランス語が分かるのか？」

「はい。さっきは気が動転して、頭が真っ白になっていたんです。本当はドイツ語か英語の方が、もっと落ち着いて話せるんですけど」

「そうか。私の母国語はドイツ語だが、訛りが強いから、英語で話そう」

す、と息を吸い込んで、レオンは流《りゅう》暢《ちょう》な英語を話し始めた。

「君を何と呼べばいいだろう。よければ名前を教えてくれないか」

「あ…っ、すみません。僕は日本から来た、七尾輪といいます。よろしくお願いします。輪は日本語で、車輪を表す言葉でもあるんです」

「とても素敵な名前だね」

にこ、とレオンに微笑まれて、輪は有頂天《うちょうてん》になった。

「輪はこのダイヤモンド・エクスプレスを知っているのか？」

「はいっ。鉄オタ——鉄道ファンでこの豪華列車を知らない人はいません。僕はこの列車のデザインを手掛けたレオンさんのことを、以前から尊敬しています。最新鋭の機器を詰め込んだ車両を、レトロなデザインでわざと隠してあるのが、ファンにはたまらなく魅力的です」

自分がどんなにレオンを尊敬していて、彼がデザインしたこの列車に惚れ込んでいるか、輪は力説した。でも、レオンはあまり喜んではくれずに、何故だか、困ったような表情を浮かべている。

「そんなに賞賛してくれるのは嬉しいが、この列車は、実際に乗った者だけが本当の魅力を感じられるんだよ」

「乗ったことがなくても、このダイヤモンド・エクスプレスは、僕がずっと憧れていた夢の列車です。一目見られただけでも嬉しいんです！」

「夢の列車――？」

「はい。僕は日本で旅行プランナーの仕事をしていて、鉄道を使った新婚旅行のプランを提案するために、ヨーロッパへ勉強をしに来ました。もしこの列車に乗って旅ができたら、一生の思い出になるはずです。お客様にとって大切な新婚旅行に、ダイヤモンド・エクスプレスのような豪華列車はぴったりだと思うんです」

実際に自分の目で見て、輪はそれを確信した。選ばれたセレブしか乗ることができない列車だと分かっていても、自分も乗ってみたい。この列車の車窓から、流れる景色を見てみたい。

「君は勉強のために、遠く日本からやって来たのか」

「はい。まさかこの列車に出会えるとは、思ってもいませんでした。ネーベルヴァルトさんのおかげで、カメラも戻ってきたので、ダイヤモンド・エクスプレスを参考にして、いいレポートが纏められそうです」

「レポートを？　君は列車に乗りもせずに、想像だけでそれを書くつもりなのか？」

「それは……仕方ないです。僕は一般人なので、この列車には乗れません」

「仕方がないとは、どういうことだ。輪。どんな仕事も、妥協《だきょう》によるものがいい結果を生むとは、私には思えない」

仕事に対する、レオンの志《こころざし》の高さを感じて、輪は気後れした。世界的なトレイン・デザイナーの彼と、名もない旅行プランナーの自分の仕事を、同列に並べるなんておこがましい。でも、輪は輪なりに、真剣に仕事と向き合うために、一念発起《いちねんほっき》してヨーロッパへやって来たのだ。

「妥協をするつもりはないです。列車が好きだという、この気持ちだけは誰にも負けません」

レオンは一瞬、無言になって、輪を見つめた。まっすぐな眼差《まなざ》しをした、彼の翡翠色の瞳を見つめ返して、輪は両手を握り締めた。

「鉄道ファンの、僕にしかできない新婚旅行のプランを立てることが、僕の目標です。レオンさんが手掛けたこのダイヤモンド・エクスプレスは、僕を励ましてくれる、特別な列車なんです」

上司に何度、旅行プランを突き返されても、営業成績が最下位でも、好きな列車のＤＶＤを観るだけで元気になれる。変な奴だと笑われてもかまわない。鉄道オタクであることを、輪は恥ずかしいと思ったことはなかった。

「そこまで言うのなら、私と一緒に試乗してみてはどうかな」

「え…？」

「輪。君をダイヤモンド・エクスプレスに招待しよう。――実は私は、この列車の出資者でもあるんだ。君のように熱心な人にこそ、ダイヤモンド・エクスプレスに乗ってもらいたい」

「え…っ、ええっ⁉」

ひといきに体温が上がって、輪は心臓がパンクしそうになった。レオンが何を言っているのか、よく分からない。

「ぼ、僕を、この列車に……っ？」

「ああ。私はこれから、この列車で妹の結婚式に向かうところだったんだ。ちょうどいい。束の間の旅の相手に、君がなってくれ。もちろん君の予定が空いているのならね」

「あの、えっと、列車で各地を回ろうと思っていて、特に予定らしい予定は立てていないんですけど、でも…っ、この列車は、レオンさんのような身分の高い方しか、乗ることはできないはずです」

「私の同行者ということで、君の分の客室はすぐに手配できる。——君の荷物は、そこのスーツケースだけか？　そろそろ出発時刻だ。さあ、一緒に行こう」

「レオンさん……」

「旅行プランナーを名乗るなら、君自身が本物の列車の旅を体験してみるべきだ。君がその澄んだ黒い瞳で見たものは、今後の仕事に大いに役立つだろう」

「僕は、夢を見ているんですか？　本当に、本当にいいんですか？」

レオンの誘いを、輪はまだ信じることができなかった。でも、貴族でもセレブでもない輪が、この列車に乗れるチャンスなんて、きっと一生ない。

「夢ではないよ。私としても、鉄道ファンの君の、真の感想を聞いてみたいんだ。乗車してみてつまらなかったら、遠慮なく言ってくれ」

「そんな…っ、つまらないはずがないです！」

輪は握った拳《こぶし》を震えさせて、戸惑いと興奮の真っ只中にあった。

レオンがどうして、一緒に旅をしようと誘ってくれたのか、本当のところは分からない。デザイナーとして世界中から賞賛されている彼が、ただの鉄道オタクの輪に、自慢の列車の感想を聞きたがるのも、不思議だった。

戸惑いも興奮も、気がかりなこともたくさんある。でも、それらを全部凌駕《りょうが》する、ダイヤモンド・エクスプレスへの純粋な憧れを、輪は止めることはできなかった。

「ありがとうございます、レオンさん。お世話になります！」

「ああ。こちらこそ、よろしく」

レオンの微笑みが、輪の背中を後押しする。思わぬ形で舞い込んだ幸運に、輪は心の底から感謝しながら、重たいスーツケースを持ち上げた。


パリ北駅を出発したダイヤモンド・エクスプレスは、ドイツやハンガリーを経由して、ヨーロッパ随一の最高級リゾートを擁《よう》する、黒海沿岸のルーマニアへと向かっている。途中で各国の観光都市に滞在しながら、全行程に十日間ほどをかける、ゆったりとした贅沢な旅だ。

ダイヤモンド・エクスプレスが運行するのは、一年のうちバカンスのシーズンに集中していて、秋の半ばの今の時期に乗車できるのは、非常に珍しい。パリで泊まるはずだったホテルを、急《きゅう》遽《きょ》キャンセルした輪は、震える足で憧れの列車の床を踏み締めた。

「わぁ……っ、これが、ダイヤモンド・エクスプレスの車内なんだ……」

レオンが手配してくれたチケットを握り締めて、輪は生まれて初めて見る豪華列車の内部に、釘付けになっていた。走る高級ホテルの異名そのままに、壁や通路、窓の一枚一枚まで、意匠《いしょう》を凝《こ》らした造りになっている。クラシカルな外観に合う、木材を基調にした内装のデザインは、緊張している輪を温かく迎え入れてくれた。

「本当に、素敵な列車です。素晴らしいという言葉しか、出てきません」

通路に飾られた生花からいい香りが広がり、デッキに置かれた足休めのソファには、装丁の見事な洋書が添えてある。過剰なものがどこにもない、気品に溢《あふ》れた車内を歩きながら、輪は感嘆の溜息を零《こぼ》した。見るもの全てが洗練され尽くしていて、とても圧倒される。光沢のある木の床に、足跡一つ残してはいけない気がして、普通に歩けない。

「いかがなさいましたか？　お客様。お足元がご不安なようですが」

通路の後ろを歩いていたバトラーが、輪を気遣って声をかけた。蝶ネクタイの似合う彼は、レオンが予約している特等客室の専属執事で、彼の厚意で乗車した輪にも、丁寧に対応してくれるのだ。

「お加減がすぐれないようでしたら、医師も乗車しておりますので、呼んで参りましょうか」

「大丈夫です。不慣れな乗り物なので、ちょっと緊張してしまって」

「それはいけません。どうぞご自宅にいらっしゃるような気分で、お寛ぎくださいませ」

「ありがとうございます」

ダイヤモンド・エクスプレスの素晴らしさは、こういった心遣いが行き届いている点も大きい。乗客数よりもスタッフの人数の方が多いらしくて、ただ豪華なだけじゃない、快適でラグジュアリーな列車の旅を提供している。

見るもの全てに夢中になって、輪はカメラのシャッターを押すことも、メモを取ることも忘れてしまっていた。感動してばかりの輪の様子を、レオンが隣で静かに見守っている。

「この列車の第一印象は、どうやら及第点をもらえたようだね」

「及第点なんてとんでもない。それ以上です。圧倒されてばかりですよ。本当に、本物の、豪華列車だ――」

無意識に声が震えるのを、輪はどうすることもできなかった。憧れの列車を目の当たりにして、気の利いたことも言えないくらい、胸の鼓動がうるさい。

「お客様はこちらの客室をお使いください。中にシャワーの設備はございますが、十両目にスパがございますので、そちらもご利用いただけます」

「列車の中にスパがあるんですか？」

「はい。この新型車両にのみ新設されたサービスです。他にカジノやシガーバーなどもございますので、どうぞ足をお運びください」

「はい、ぜひ伺《うかが》わせていただきます」

恭《うやうや》しいバトラーが案内してくれた輪の客室は、ツインのベッドが並ぶコンパートメントだった。室内も木造りの温かな雰囲気で、床に敷かれた毛足の長いラグが、寝そべりたくなるくらい気持ちがよさそうだ。

華美にならないシンプルなインテリアは、素朴な性格の輪の好みに合っていた。ベッドの傍《かたわ》らに、広めのデスクが据え付けられているのも嬉しい。飴《あめ》色のアンティークな家具に、パソコンを置いて仕事をしたら、作業も気分よくはかどるだろう。

「パノラマの窓だ。景色がよく見える」

青空の映《は》える、実りの秋を迎えたパリ郊外の田園地帯を、西へ向かって列車は走る。旅の始まりにふさわしい、心が躍る風景だ。

「レオンさん、僕にこんないい客室を用意していただいて、すみません。ありがとうございます」

「気に入ってくれたのなら、何よりだ。レポートがはかどるように個室を取ったんだが、せっかくだから、私の客室も覗《のぞ》いてみるかい？」

「え……っ、いいんですか⁉」

「ここはまた違った趣《おもむき》があると思う。一緒においで」

「はいっ」

レオンに誘われるままに、首からカメラを提げて、彼の後ろをついていく。二十両編成の列車は、十八両目で、床が真紅の絨毯《じゅうたん》へと切り替わった。今まで輪が見てきた車両と、明らかに雰囲気が違う。

「こちらの車両から最後部までは、ネーベルヴァルト閣下の客室でございます。立ち入りのできるスタッフは限られますので、私の方へ何なりとご用命ください」

「ありがとう。こちらの輪の出入りは自由だ。それ以外の来客は、お断りしてほしい」

「かしこまりました。ごゆっくりお過ごしくださいませ」

バトラーが礼をしてから、そっとドアを開錠する。輪の鼓動はいっそう高鳴った。

「君の好奇心を満たすことができればいいんだが。中へどうぞ」

開いたドアの向こうへと、レオンは輪の背中をそっと押した。視界の先に広がる別世界に、輪は立ち尽くして絶句する。

「……これは……」

格調高いその客室は、走行中の列車であることを忘れるくらい、静謐《せいひつ》な空気に満ちていた。王朝風とでも言うのだろうか、シンプルだった輪の客室とは比べものにならないくらい、贅を尽くしたインテリアが並んでいる。

「数十年前まで、ダイヤモンド・エクスプレスはヨーロッパの王室外交に欠かせない役割を果たしていた。この車両は、各国の国王陛下と妃殿下のみがお乗りになっていた、ロイヤルカーだよ。

今は特等客室のリビングとして使っている」

「あ…っ、元々この列車は、英国王室のお召列車だと聞きました」

「さすがに詳しいね。フランスの鉄道会社に下賜《かし》された後、幾度も改良を重ねながら、このロイヤルカーのみが当時の面影をそのまま残している。私がデザインを手掛けたのは、この新型車を含めて二台目だが、リビングと、隣の車両の寝室には、女王陛下が愛用した調度品が揃っているんだ」

「そうなんですか──。僕はもう、どこにも手で触れません」

「おもしろいことを言うな、君は」

くす、と微笑んでから、レオンは歩くだけで華麗な長身を、一人掛けのソファに落ち着けた。

(何て絵になる人なんだろう。このゴージャスな客室に、あっという間に馴染《なじ》んでしまった。この部屋も、僕の部屋も、ダイヤモンド・エクスプレスの全てを、レオンさんがデザインしたんだ。すごいなあ……っ)

あらためて、心からの尊敬を込めながら、輪はレオンを見つめた。上気して赤くなった輪の頬を、天井のシャンデリアが照らしている。

ダイヤモンド・エクスプレスの中でも、群を抜くロマンチックな客室を見ることができて、輪は胸がいっぱいになった。鉄道オタクじゃなくても、この列車に乗れば、きっと誰でも感動を覚えるに違いない。

「もしもこの特等客室で新婚旅行ができたら、一生の思い出になると思います。王様と王妃様になった気分で旅ができるなんて、他の豪華列車では絶対に味わえないですよ」

ダイヤモンド・エクスプレスの沿線には、中世ヨーロッパの街並みを保存した歴史地区や、由緒正しい教会が建つ街もあって、新婚旅行にはうってつけだ。輪は、はっと思い出して、両手でカメラを構えた。

「あの…っ、室内の写真を撮らせてもらってもいいでしょうか？　レポートにつける資料にしたいんです」

「もちろん、かまわないよ。ただし、ネットやその他の媒体《ばいたい》には流さないと約束してほしい。警備上の都合があるからね」

「分かりました。約束します」

レオンの当然の要請に、輪は頷《うなず》いた。この客室の情報が、これまでほとんど外部に知られていないのは、厳しいセキュリティを敷いているからだろう。バトラーもさっき、立ち入りできるスタッフは限られていると言っていた。伯爵のレオンのように、セレブの中の選ばれたセレブしか利用できないに違いない。

早速ファインダーを覗き込んで、輪はシャッターを切った。輪の頭の中の空想では、ウェディングドレスとタキシード姿の新郎新婦が、このリビングで寛いでいる。幸せそうに旅をする二人。鉄道オタクの旅行プランナーの輪が思い描く、理想的な新婚旅行だ。

「レオンさんのおかげで、いい写真がたくさん撮れました。ありがとうございました」

「君のお眼鏡に適《かな》うものはあったかな？」

「もう、ここにあるもの全部が、僕の理想です。早速レポートの準備をしなくちゃ」

輪はまだ興奮が収まらずに、声を弾ませた。憧れの列車に乗って、最高の客室を見学させてもらえるなんて、はしゃがないでいようと思っても無理だ。

少年のように瞳をきらきら輝かせている輪に比べて、レオンは始終冷静で、落ち着いている。自身がデザインした列車だからか、平然とした様子で寛いでいる彼を見て、輪は少し、気恥ずかしくなった。

「車内の他の場所も、写真を撮れるように、私からトレイン・マネージャーに話を通しておこう。君の仕事に協力するよ」

「そんな…っ、レオンさん、本当にいろいろと、ありがとうございます」

「旅は始まったばかりだ。とりあえずウェルカムディナーの時間までは、ここでゆっくり過ごすといい」

「ウェルカムディナー？」

「この列車の出発日に、マネージャーが乗客を招待する恒例の夕食会だよ。君の客室にも今頃、これと同じ招待状が届いているはずだ」

レオンはそう言って、テーブルの傍らにあった、白い封書を手に取った。

「ウェルカムディナーは、乗客は全員参加が原則だ。君の席は、私と同じテーブルに用意させよう」

「あ…っ、あの、僕は……」

突然の誘いに、輪は焦《あせ》った。トレイン・マネージャーは、ホテルなら支配人と同格の、この列車のスタッフの中で一番偉い役職だ。その人が主催するディナーとなると、マナーもきっと正式なものを求められる。

「すみません、僕は不調法《ぶちょうほう》で、礼服の用意をしていませんでした。タキシードもディナージャケットも持っていません」

「──ああ、私が急に試乗に誘ったからね。心配はいらない。普通のジャケットを羽織れば十分の、フランクなディナーだ。ドレスコードは気にしなくていい」

「でも……」

いくらフランクなディナーだと言われても、本物の貴族たちが乗車している豪華列車だ。階級社会を知らない、日本の一般庶民の感覚で輪が同席したら、きっとレオンに恥をかかせてしまう。

(レオンさんに嫌な思いをさせてはいけない。これは特別な列車なのに、幸運にも乗せてもらえて、浮かれていた僕が悪いんだ)

ディナーを断るつもりで、輪はしゅんと俯《うつむ》いた。早く自分の客室に戻っておとなしくしていよう。そんなことを考えていると、ぽん、と輪の肩を、レオンの大きな手が叩いた。

「顔を上げて。何も不安に思うことはない。急な装いが必要な時のために、この列車にはブティックが併設してある。そこの店主を呼ぼう」

「えっ？」

「少し待っておいで」

訳が分からず、まごまごしている輪を横目に、レオンはどこかへ電話をかけた。それから待つこと十分。トランクを携えたブティックの店主が、レオンの客室のドアをノックした。

「ネーベルヴァルト閣下、ご用命ありがとうございます。ご注文のお衣装を、お届けに上がりました」

「ありがとう。こちらの彼に、試着をさせてもらえるかな。奥のドレッシングルームを使うといい」

「かしこまりました」

店主の大きなトランクの中には、輪でも知っているヨーロッパの一流ブランドの服が、何着も入っていた。値札はついていないけれど、きっと高額なものばかりで、見ているだけで輪はどぎまぎしてしまう。

「レオンさん、これは、あの――」

「君のジャケットとスラックスだ。私がスタイリストをしよう」

「ま、待ってください。僕はこんなつもりは」

「生地の良いものを仕入れたばかりで、ちょうどようございました。ジャケットのお色はネイビー、グレーなどがおすすめでございますよ。お客様はとてもお若くてらっしゃいますから、スラックスは爽やかな白か、アイボリーはいかがでしょう」

戸惑う輪にかまわず、ドレッシングルームの姿見の前で、店主が片膝をついて服を差し出してくる。レオンはそれを、輪の体に何着も宛がって、あれこれと思案した。

「君は涼やかな色がよく似合うな。ジャケットは普段使いもできるものにして、ディナーの時は中にベストを着るのも一案だ。何か好きな色や、柄はあるかい？」

「いえ…っ、服のことはあまり、興味がなくて。お洒落《しゃれ》も全然したことがないです」

「それは少しもったいないな。君の黒髪や、黒い瞳は、オリエンタルでとても印象的だ。スタイリストのし甲斐《がい》がある」

「そ、そんなこと、言われたこともないです」

照れて俯いた輪に、レオンは優しい微笑みを向けた。

「私なりに見立ててみたから、着替えてごらん。気に入ってくれるといいんだが」

「あ…っ、は、はい」

輪は手早く、着ていたものを脱いだ。下着姿を恥ずかしがる暇もないまま、白いスラックスを穿《は》く。

「君は随分痩《や》せているな。この列車のシェフの腕は確かだから、旅をする間によく食べて、少し肉をつけるといい」

　輪のスタイルを眺めながら、レオンが気遣ってくれる。日本人とは骨格からして違う、長身で逞《たくま》しい彼が、輪は少し羨《うらや》ましかった。

「こちらのシェフは、確か、パリの三つ星レストランから料理長を任されているんですよね？」

「ああ。今夜のディナーも腕を振るってくれるはずだ」

　輪の心をくすぐるように言ってから、レオンはドレッシングルームに、まだ荷解きをしていないボストンバッグを持って来た。中にはネクタイやポケットチーフなどの小物と、アクセサリーが入っている。レオンは藍色のネクタイを手に取って、自らそれを、輪のシャツの首元にかけた。

「これは…、ダイヤモンド・エクスプレスの車体の色と同じだ」

「よく気付いたね。ウェルカムディナーに列車にちなんだものを身に着けるのは、マネージャーやスタッフたちへの敬意を表すことに繋がる。これもマナーの一つだと、私は思う」

「はい。その人たちがいないと、列車は動きません。僕は鉄道オタクですから、大好きな列車を走らせる人たちを尊敬しています。子供の頃は、新幹線の運転手になることが夢でした」

「新幹線。日本が誇る高速鉄道だね」

「はいっ。僕の自宅には、新幹線や他の列車の模型がたくさんあります」

「君のコレクションは興味深いな。確かに私も、子供の頃は鉄道模型に夢中だった」

「レオンさんも？」

「ああ。模型が本物になった今も、あの頃の気持ちは忘れていないつもりだよ」

思い出を語るレオンの瞳は、まるで子供に戻ったように輝いていて、輪は見惚れてしまいそうになった。

そんな輪の首元で、ネクタイがあっという間に結ばれていく。目の前で優雅に動くレオンの指は、本当に現実の出来事なんだろうか。

（神様のレオンさんに、僕が、ネクタイを結んでもらっているなんて）

信じられずに輪が瞬きをしていると、背中側から、店主がブルーグレーのジャケットを着せ掛ける。ネクタイを結び終わったレオンは、そのジャケットの胸ポケットに、シルクのチーフをくしゃりと丸めて、飾りつけた。

「さあ、これでどうかな」

レオンは輪の一歩後ろに下がって、少し得意げに、腕を組んだ。

「これが、僕……？」

姿見に映る、見たこともない自分に、輪は一瞬呆然とした。まるで手品のようだった。レオンの見立てで、上品に変身した姿に、どきどきする。

「す、すごい。さっきまでと全然違います。こんなに格好よくしていただけるなんて、思ってもいませんでした」

「きっとモデルがいいからだ」

「モデルなんて、僕なんんか、全然」

レオンが変なことを言うから、輪は赤面した。長身でハンサムな、彼のような人こそ、モデルにぴったりだ。

「大変よくお似合いでございますよ、お客様。スラックスのお裾直しは、この後すぐにいたしましょう」

「ああ、よろしく頼む。輪、これで君も、ディナーに参加する気分になったかな？」

「は、はい…っ。あの――レオンさん、ありがとうございます。でも、えっと…、代金はおいくらですか？　カードは使えるでしょうか」

お洒落に変身させてもらった後に、お金の話をするのは、とても気まずい。でも、輪はブランド物の服なんて、一着も持っていない庶民だ。普段着ている服より、相当高い金額を覚悟して、店主の方を見る。

「とんでもございません。こちらのお衣装は、このままお客様がお持ちください。お代はいただきません」

「え…っ？　何を言ってるんです。おいくらですか？」

「輪。特等客室の乗客の同行者は、この列車の全てのサービスを無償で受けられることになっている。気に入ってくれたのなら、その服を君のワードローブに加えるといい」

「無償って――、あの……まさか、僕の客室代も、ですか……？」

「もちろん。君が望めば、車両ごと貸し切ることもできる。私が伝票にサインをすれば、それで完了だ」

「す……っ、すごいんですね、レオンさん……っ」

輪は恐れおののいて、心底レオンにひれ伏したくなった。

車両を貸し切れたりするなんて、レオンはとんでもない特権を持っているらしい。そう言えば、彼はこの列車の出資者だとも言っていた。彼のように特等客室を使える乗客になるためには、いったいどれくらいのお金と、ステイタスが必要なんだろう。輪は想像もつかなくて、ぶるっ、と背中を震わせた。

「この車内で閣下がお出来にならないのは、運転手をすることと、カジノの賭け金を支払わないことくらいです。お客様、また何かお入用のものがございましたら、いつでも私までご用命ください」

「は、はい、いえ…っ、もう十分ですっ。この服、ご厚意に甘えて着させてもらいます。レオンさん、本当にありがとうございました！」

何度下げても足りない頭を、輪は思い切り下げた。恐縮し切っている姿が、レオンと店主には新鮮なのか、二人は顔を見合わせておもしろそうに微笑んでいる。

スラックスの裾直しをしてもらう間、輪はふわふわ落ち着かない気分で過ごした。今自分がいるのは現実の世界なんだと、心の中で言い聞かせていないと、一般庶民としての立ち位置を見失ってしまいそうで怖い。

「さあ輪、君をメインダイニングへエスコートしよう。旅の始まりは、食前酒のカクテルで乾杯だ」

「は、はいっ」

「行ってらっしゃいませ」

輪は店主に見送られて、胸に藍色のチーフを挿《さ》したレオンとともに、特等客室を後にした。

通路を歩く二人に、車両のそこかしこに立っているスタッフが、傅《かしず》くような礼をする。特別な列車に乗る、特別な客への、最上級のおもてなし。自分はセレブでも何でもない、一鉄道オタクだということを、輪はまた忘れてしまいそうになった。

「ネーベルヴァルト閣下、ナナオ・リン様、本日はご乗車ありがとうございます」

「やあ。また世話をかけるね」

「アンディゴ・クルールがお似合いのお二人をご招待できて、大変光栄です。どうぞごゆっくりお過ごしくださいませ」

正装のトレイン・マネージャーが、輪のネクタイと、レオンのチーフに目配せをして、優雅に礼をする。

自分の名前を呼ばれ、正式な乗客として扱われたことが、とても面映《おもは》ゆい。マネージャー直々の歓待を受けて、輪はディナーの前のカクテルタイムで賑わう、メインダイニングに足を踏み入れた。連れ立って歩くレオンの髪が、シャンデリアの明かりに映えて眩《まぶ》しい。すると、周囲の人々の視線が、一斉にレオンと輪に向けられた。

ここは車内に三両あるレストランの中で、一番格式の高い場所だ。老舗《しにせ》のレストランと見紛う瀟洒《しょうしゃ》なその空間に、紳士淑女たちが集っている。著名なレオンだけでなく、自分まで注目されて気後れしている輪の足を、柔らかな絨毯と、その下の振動を感じない床が受け止めた。

「……何だか……すごいな……」

ダイヤモンド・エクスプレスに乗ってから、すごいとしか口に出していない気がする。グラスを片手に言葉を交わし合う乗客たちは、輪とは住む世界が違う人々だ。地味だと自覚している鉄道オタクが、上流階級の華やかな社交界に紛れ込んだせいで、輪は眩暈《めまい》を起こしそうになった。

「輪、君にはこれを。フランボワーズのカクテルだ」

「あ…、すみません。いただきます」

ボーイがトレーに乗せて運んで来たカクテルの中から、輪には甘いリキュールを、自分には辛口のマティーニを選んで、レオンはグラスを掲げた。

「私たちの偶然の出会いを祝して。――君も何か、一言」

「え、えっと、この旅の無事を祈って」

乾杯、と囁き合って、二人はグラスをそっと触れさせた。優しい味のする、フルーティなそのカクテルは、緊張している輪にもとてもおいしく感じられた。

アルコールの助けを借りて、少しずつ乗客たちの視線に慣れてくる。着飾ったセレブな人々の中にいても、輪のシンプルな装いはかえって引き立っていて、恥をかくことはなかった。レオンがスタイリストをしてくれたおかげだ。

「カクテル、おいしいです。レオンさんのおかげで、僕は恥ずかしい思いをせずに、この場所にいられます。本当に何てお礼を言ったらいいか」

借り物のネクタイに指でそっと触れながら、輪は呟《つぶや》いた。すると、レオンはマティーニを飲み干して、賑わうカクテルタイムの風景に目をやった。

「君が喜んでくれたのなら、それでいい。私は見た目を整えるのは得意なんだ」

「え？」

「――この列車も、賞賛を受けるのは見た目ばかりだ。私が手掛けたデザインは、それだけではないはずなのに」

「レオンさん……？」

ふ、と口元に刻んだレオンの笑みが、皮肉のように見える。どうして彼は、そんな寂しげな顔をしているのだろう。何か気に障《さわ》るようなことをしてしまっただろうか。

（さっきまでは普通に笑っていたのに。特等客室を見せてもらっていた時に、僕があんまりはしゃぎ過ぎたから、呆《あき》れているのかな。この服を見立ててもらった時も、僕が庶民過ぎて、レオンさんの気を悪くしてしまったのかもしれない）

輪は心配になって、細いグラスの脚を、ぎゅう、と握り締めた。すると、レオンを囲むようにして、俄《にわか》に乗客たちが集まり始める。

「ネーベルヴァルト閣下、ご機嫌麗《うるわ》しく。ご挨拶《あいさつ》が遅れて申し訳ありません」

「閣下のご活躍はかねがね伺っております。ご一緒できるのを楽しみにしておりましたのよ」

「どうもありがとう。私もみなさんと同乗できて嬉しく思っています」

「はじめまして、ネーベルヴァルト伯爵。ネーベルブルクを代表するにして、高名なデザイナーのあなたに、お目にかかれて光栄ですわ」

「閣下が手掛けたこのダイヤモンド・エクスプレスは素晴らしい。まさに走る芸術品ですな」

次々と声をかけられたレオンは、皮肉な笑みを、元のたおやかな笑顔に変えて、乗客たちに応えていた。でも、輪にはその笑顔が、何故か作り物のように見える。

（いったい、どういうことだろう。みんなレオンさんと、この列車を賞賛しているのに、レオンさん本人は全然嬉《わ》しくなさそうだ）

乗客たちの輪からそっと外れて、輪はレオンの様子を見守った。この列車を褒め称える人が増えるたび、彼の笑顔が、だんだんと色を失くしていく。

「閣下。ディナーの後で、少しお時間をいただけませんか。あなたに有益なビジネスのお話があるのですが」

「プライベートな場で、そのような話は伺わないことにしている。お互い旅を楽しみましょう」

「これは、無粋《ぶすい》なことをいたしました。お詫びに後ほどお部屋へ、ブランデーなどを届けさせましょう」

「――それも遠慮させていただこう。失礼する」

レオンはすげなくそう言って、隅の方にいた輪を見付けると、ディナーの席へと促した。

カクテルタイムが終わり、テーブルにコース料理が運ばれてきてからも、レオンは表情を沈ませたままだった。前菜の、絵画のように美しいシーフードのジュレがサーヴされたのに、皿を見ようともしないで、溜息をついている。

「レオンさん、どうしたんですか？　さっきからずっと、元気がないみたい」

「いや……、すまない。気にしないで、君は食事を続けて」

「僕が何か、マナー違反をしたのなら謝ります。すみません」

「違うんだ、輪。人に持ち上げられ過ぎて、食傷《しょくしょう》気味だっただけだよ。私はあまり、ああいった社交辞令は好きではない」

「社交辞令だなんて。みなさんはレオンさんのことを、心から賞賛していましたよ」

「君にはそう見えるのか」

ふう、とまた溜息をついて、レオンはディナーを楽しんでいる他の乗客たちを見渡した。

「彼らの内の、どれほどの人が、この列車の本当の価値を知っているだろう」

「本当の、価値？」

「彼らはそれを当たり前に享受《きょうじゅ》し過ぎて、気付いていない。だから彼らの言葉は、社交辞令の域を出ない」

輪はカトラリーを置いて、レオンの言葉に耳を傾けた。彼が浮かない顔をしている理由が知りたい。

「私だって、真の賞賛なら得たいと思っている。しかし、私の周りは彼らのようなイエスマンか、私に媚《こ》びへつらい、何らかの利益を得ようと擦り寄ってくる者が多いんだ」

「レオンさん……」

「その中には、ただ伯爵の地位にある私に、取り入りたいだけの者もいる。もしも私が貴族でなかったら、デザイナーとしての評価も、今と違っていたはずだ。このままでは、私の仕事への情熱や意欲まで、半減してしまいそうだ」

レオンの話を聞いて、輪は悲しい気持ちになった。彼は自分が貴族だから賞賛を受けているんじゃないかと、人間不信に陥《おちい》っている。

(褒められることで、傷付いてしまうなんて、きっと誰も理解できない。レオンさんは、一人でつらい思いをしているんだ)

もしかしたら、輪自身も、無意識のうちにレオンを傷付けていたのかもしれない。このダイヤモンド・エクスプレスは、正真正銘の、世界で一番の豪華列車だ。上辺《うわべ》だけの賞賛では語り尽くせない価値が、この列車にはある。

「レオンさんの評価が、そんなことで変わるなんて、僕には考えられません」

「輪。私は肩書や地位に左右されない、正当な評価を求めている。君をこの列車に誘ったのは、鉄道ファンを自称する君なら、イエスマンでなく駄目なところは駄目だと、正しい評価を与えてくれるんじゃないかと、少し期待したからなんだ」

「僕が――?」

は、と輪は息を詰めた。この列車に乗る前に、レオンが言っていた言葉を思い出す。

(もしつまらなかったら、正直な感想がほしいと、レオンさんは僕に言っていた。あの言葉は、レオンさんの本音だったんだ)

まだ乗車して間もない輪でも、この列車の魅力は分かる。ダイヤモンド・エクスプレスが特別な価値を持っているということも。輪はそれを、人知れず傷付いているレオンに、真正面から伝えたいと思った。

「レオンさん、うまく言えませんけど、今夜のディナーは、僕が今まで食べたものの中で、一番おいしいです。でも、料理よりも僕は、このメインダイニングに驚きました」

「……ああ、建材《けんざい》に上質なものを使っているからね。シャンデリアも特注だ」

「いいえ。見た目じゃなくて、この車両自体というか、構造が、すごいなって」

「え?」

輪はそっと、テーブルの上のワイングラスに目をやった。グラスの中の赤い液体は、まるで静かな夜の湖のように、波紋一つ立っていない。

「ディナーが始まってから、このグラスは一度も揺れていません。カクテルタイムに気付いていたんですけど、列車は走行中なのに、この車両は振動がほとんどないんです。普通の構造の列車なら、こんなことは絶対にあり得ない」

レオンの瞳が、ふ、と瞬きをやめた。輪の言葉の続きを促すように、彼は黙って頷く。

「僕がよく読んでいる鉄道の情報誌に、以前この列車の記事が載っていて、日本の企業が製造に参画していることを知りました。気になって調べてみたら、建物の免震技術を専門に研究している企業でした」

「そのことを、調べたのか、わざわざ」

「はい。憧れの列車のことは、何でも知りたいですから。実際に乗車してみて、揺れの無さに本当に驚きました。普通のレストランにいるみたいで、快適です。ワインが零れて、さっきいただいた大切な服や、テーブルを汚すこともありません」

「輪――」

「地上なら当たり前のことだけど、線路上で同じことを実現するには、たくさんの技術や知恵が必要だと思うんです。この列車は、乗客を目的地に運ぶためだけの列車じゃない。乗客がいかに快適に過ごせるか、この列車を造った人たち、レオンさんや、技術者の人たちは、とてつもなく膨大《ぼうだい》な労力を注ぎ込んだんじゃないでしょうか」

「君の言う通りだ。私たちの目指したものは、いつだって乗客の喜び、それ一つだった」

「このメインダイニングを見ただけでも、デザインと設計と、製造技術の粋《すい》を集めた車両なんだと分かります。豪華列車というのは、見た目の派手な列車のことじゃなくて、乗客のために心を尽くした、贅沢な列車のことです。それがこの、ダイヤモンド・エクスプレスなんですね」

「……輪、君は、分かってくれるんだな。それこそが、私の理想とする列車だということを」

「はい。僕はダイヤモンド・エクスプレスの乗客になれて、本当に嬉しい。この列車を造ったレオンさんは、やっぱり僕の神様です」

輪、とまたレオンが名前を呼ぶ声が聞こえた。輪が気付くと、沈んでいた彼の顔は微笑みに包まれて、どこか晴れ晴れとした表情をしていた。

「ありがとう。輪のおかげで、憂《うれ》いが晴れたよ。君をこの列車に誘ってよかった。君のような人に評価をされて、私はデザイナーとしての矜持《きょうじ》を、もう一度確かめられた」

「レオンさん……」

よかった、と輪は胸の奥で呟いた。神様を励ますことができて嬉しい。明るい笑顔を取り戻したレオンへと、輪は二杯目のワインを勧めながら、ふと尋ねた。

「レオンさんは、昔から鉄道が好きで、列車専門のデザイナーになったんですか？」

「ああ。子供の頃の夢を叶えた形になる。数年前にこのダイヤモンド・エクスプレスのデザイナーを決めた時、私の他に、各国の実力のあるデザイナーたちが名乗りを上げていたんだ。彼らとの競争はとても熾烈《しれつ》でね、その分、私のデザインが選考会で選ばれた時は感慨深かった」

「出資者のレオンさんなら、選考会をしなくても、デザインを請け負えたんじゃないですか？」

「いいや、出資者だからこそ、公正でなくてはならない。無記名のデザイン画に、委員が投票をする方式で、選考会は開かれた」

「確かに、その方法だと本当に実力の勝負ができますね」

「ああ。私が名を明かしたのは、選考会で自分のデザイン画が選ばれた後だ。ダイヤモンド・エクスプレスのデザインを手掛けられたことを、私は心から嬉しく思っているよ」

レオンはとても誇り高く、自分の仕事に真摯《しんし》に向き合っている。輪の鼓動がひとりでに高鳴り、彼への憧れがいっそう強くなった。

「失礼だったらすみません。レオンさんのような大貴族のご当主が、手に職を持つのは、珍しいことだと思うんですけど……」

ネーベルヴァルト家は代々、オーストリア大公の宰相を務めてきた特別な家系だ。第一次世界大戦の混乱期、領地をネーベルブルク国としてオーストリアから独立させた後も、臣下だった歴史を重んじて伯爵家を名乗っているが、本来の地位は国王にも等しい。それほど身分の高いレオンが、一般人に混じってデザイナーの仕事をしているのは、輪には不思議に思える。

「確かに、当主の労働は好まれない。私の家は特に保守的な者が多くて、私がデザイナーになることに、大きな反発があった」

「反発を受けたのに、どうしてデザイナーの道を選んだんですか?」

「先祖から受け継いだ資産を管理するだけの、貴族の当主という立場はつまらない。好きなことを職業にして、自分らしい生き方をしたかった。『ネーベルヴァルト』という名は誇りだが、それに縛られる気はないんだ。この生き方を選んで、よかったと思っているよ」

それに、と一度言葉を切って、レオンはワインを一口、口に含んだ。

「私には心強い理解者がいた。妹のエマだけは、私の夢を信じて、支えてくれていたんだ」

「今度ご結婚をされるという、妹さんですね」

「ああ。——唯一の理解者だった妹も、愛する人を見付けて、私から離れてしまう。寂しく思っていたところに、君と出会えた」

「え…?」

「この列車の終着駅は、黒海を望むリゾート地にある。妹はその街で結婚式を挙げるんだ。傷心の旅を覚悟していたから、素敵な君との出会いに感謝している。輪」

今度はレオンが、輪のグラスにワインを注ぐよう、ボーイに命じた。極上のベルベットの舌触りを持つそれが、赤面した輪の口中で温められていく。

「両親を早く亡くした妹にとって、私は父親代わりだ。彼女には誰よりも幸せになってほしい」

「はい。僕は仕事柄、結婚を控えた子供さんを持つお客様にもよく接しますから、お気持ち、分かります」

「だが、妹の婚約者について、つい辛口になってしまうのは、私の焼きもちだろうか」

「……何か、問題のあるような人なんですか？」

「問題は特にない。妹を心から愛している人物で、世界各国のリゾート地にホテルや施設を所有する実業家だ。結婚の条件が整い過ぎていても、父親代わりとしては、心配なものなんだよ。どうしても妹の婚約者に、心を開き切れない」

「レオンさん――」

輪はレオンのことを、妹思いの優しい兄だと思った。彼は妹を本当に大切にしているんだろう。宝物を他の男性に取られて拗《す》ねているように見えて、立派な大人の人なのに、何だかチャーミングだ。

「妹さんはきっと、レオンさんの到着を心待ちにしていますよ。結婚をお兄さんに祝福してもらいたいと思っているはずです」

「……頭では分かっているんだ。これは私の気持ちの問題なんだとね。私の城を出て、新しい土地で暮らす妹に、はなむけをしてやらなければいけないのに、困った兄だ」

「新しい土地？」

「婚約者はロスにオフィスのあるアメリカ人でね。挙式後に、新婚旅行を兼ねてそちらへ船で移動するそうだ。カリブ海の方も回ると言って、妹が楽しみにしているよ」

「豪華客船の旅ですか。日本でも最近、とても人気があります。新婚旅行は記念になるものだから、僕も早く、心に残る新婚旅行を提案できる旅行プランナーになりたいです」

「そういった意味では、歴史と文化が交錯するヨーロッパに来た君は、とても賢明な選択をしたと思うよ」

「はいっ。僕はまだ駆け出しのプランナーで、思うように企画が通らなくて、仕事に躓《つまず》いていました。経験を積むために、今回は思い切って休暇を取って、ヨーロッパまで勉強しに来たんです」

「では、今回の君との旅は、新婚旅行に出たつもりで楽しんでみようか」

「え…っ、レオンさんと僕が、そんな……っ」

レオンに冗談でも新婚旅行と言われて、輪ははにかんだ。胸がどきどきして止まらないのは、彼の声がデザートのクルスタードよりも、甘かったせいかもしれない。

「一流の旅行プランナーになりたいなら、まず君が、一流の旅を経験しなければ。この列車はその第一歩だ。したいことがあれば遠慮なく私に言ってくれ。何でも叶えよう」

そっと片目を瞑《つむ》ってウィンクをする彼に、いっそうどきどきさせられる。優しくて紳士な、輪の神様。他の誰でもない、彼との旅の始まりが、輪は夢のように思えて仕方なかった。

2

「リン様、こちらは機関室の後部です。石炭動力だった王室専用時代は、燃料の保管庫を兼ねておりましたが、現在は資料室兼カフェとして、当時を復元したものをお客様に開放しております」

「わあ、天井が木組みだ。ところどころ黒く見えるのは、石炭の名残《なごり》ですか？」

「はい。よろしければお写真をどうぞ」

「ありがとうございます！」

旅が始まって二日目、輪はマネージャーの案内で、列車内を撮影して回っていた。

レオンがマネージャーに話を通してくれたおかげで、普通なら立ち入り禁止の運転室や、運行制御室まで見学することができて、鉄道オタクの血が騒いでしょうがない。

（仕事の他に、趣味のレポートも纏めてみよう。写真をいっぱい貼って、僕だけの大切な記録にするんだ）

この列車の内部の画像は、公式のもの以外はネットにも情報誌にも上がらない。列車の安全と乗客のプライバシーを守るためだ。セキュリティの厳しさは、ほとんどの車両に警備員が常駐していることからも感じ取れた。

（許可証をつけていなかったら、カメラを注意されてしまうだろうな。パリ北駅で、警備員に取り押さえられた時みたいに）

親切なマネージャーに連れられて、輪は胸に下げた許可証を揺らしながら、沿線の景色にカメラを向けた。何十メートルかの高さでそびえる針葉樹の森と、深い緑の風景の中、あちこちに点在する石造りの古城。見どころのスポットでは、列車の速度がとりわけ遅くなる。

「綺麗だ——。時間が中世に戻ったみたい」

輪が調べた情報では、元々この路線は、ヨーロッパ各国を結ぶ交易のルートだった。人が足で通った道を、今は豪華列車が走り、ファインダーを覗く輪をわくわくさせている。

「昨日のパリの景色と全然違う。森林地帯を抜けたら……城壁都市のニュルンベルクか。夜にはチェコのプラハに着くし、本当に見どころばっかりの、贅沢な旅ですね」

「お褒めいただき光栄です。初めてのご乗車を、リン様にお楽しみいただけているようで、私も嬉しいです」

路線図の載ったパンフレットを片手に、輪は上機嫌で、自分の客室のある列車の後方へと向かった。アフタヌーンティーの時間帯の今は、乗客の多くはサロンカーでお茶を楽しんでいる。人気のないデッキを歩いていると、ふと、どこかから声がした。

「こんなところで、誰か来たらどうするの」

「スタッフくらいしか来ないさ」

「ふふ、部屋まで待てない？」

「——待てないね。美人に誘われたら迷わない主義なんだ」

ひそひそと囁き合うようなその声は、近くのパウダールームのドアの陰から聞こえてくる。気になって、輪がそっと覗いてみると、カトレアの柄が吹き付けられたドアガラスの向こうに、男性の乗客が二人立っていた。

（え……？）

言葉を交わしている二人の距離が、やたら近い。思わず見つめてしまった輪の前で、彼らの唇が重なっていく。

（キス、してる！）

輪は衝撃を受けて、パンフレットを落としそうになった。初めて目にした男性どうしのキス。男女の恋人のように抱き締め合い、何度も唇の角度を変えた二人が、熱く互いを見つめ合いながらキスを解く。

「ん…っ。せっかちは駄目だよ」

「ベッドの方がよかったかい？　ここなら君の奥方はいない」

「妻は今頃、友人たちとサロンカーで、僕の悪口に興じているはずだ」

「それはいい。君のタイを解いて、悪口にふさわしいことをしよう」

「もう、いけない人だな――」

またキスを交わし始めた二人を見て、輪は後ずさりした。動揺で心臓がばくばくと騒ぎ立てている。すると、マネージャーが輪の肩をそっと押して、通路の先へと促した。

「失礼いたしました。リン様、どうぞお進みください」

「すみませんっ。い、今のは、その…っ」

「お気になさらないよう。乗客の方々の密やかなお振る舞いを、私のようなスタッフは時として目にいたします。こういった場合は、気付かぬふりで通り過ぎるのが寛容です」

「そ、そうなんですか――」

マネージャーに言われるままに、輪は顔を真っ赤にしながら、早足でその車両を後にした。

（びっくりした…っ。とんでもないものを見ちゃったな）

さっきの二人は、特徴的なクイーンズイングリッシュを話していたから、イギリスの貴族だろうか。貴族たちの秘密の場面を覗き見してしまったことを、輪は後悔した。

水でも飲んで落ち着かないと、心臓が飛び出してしまいそうだ。案内を終えたマネージャーと別れ、急いで客室へ戻っていると、輪の部屋の前の通路にレオンが立っていた。

「輪」

ドアをノックしようとしていた彼は、輪に気付いて手を止めた。輪の頬は、ぽっぽっと火照《ほて》ったまま、ますます赤くなっていた。

「ティータイムの誘いに来たんだが、どうしたんだ？　その顔は。熱でもあるのか」

「レオンさん……、い、いいえっ、何でもないです」

レオンが体調を気遣ってくれたのに、輪の頭の中は、さっき目撃したキスのことでいっぱいだった。濃密に唇を交わす紳士たちの姿が目に焼き付いていて、変なことを考えてしまう。

（貴族の人は、みんなあんな風なんだろうか。妻がどうとか言っていたから、不倫？　二人とも遊び慣れているというか……、マネージャーさんも気にしてなかったし、後ろめたいことをしている雰囲気じゃなかった）

セレブな人たちのプライベートな世界は、輪には想像もつかない。この列車は社交界そのものだから、出会ってすぐに、一時的な恋愛関係を持つ人も当然いるだろう。

（僕とは住んでいる世界が違うんだ。あの人たちのことがよく分からなくても、当たり前か。同じ貴族のレオンさんも、この列車の中で、恋人を作ったりするのかな）

心配げに輪を見つめるレオンは、雲の上の伯爵閣下で、ハンサムで、優雅で、何よりも鉄道オタクの神様だ。昨夜のディナーでも注目されていたし、きっと男女問わずモテるだろう。

輪が余計なことをぐるぐる考えていることも知らずに、レオンは大きな掌《てのひら》で、赤い頬に触れてきた。

「熱いな。風邪を引いたのかもしれない。早く客室で休んだ方がいい」

「こ、これは、違います。大丈夫です。あの……っ、レオンさん」

「何だい？」

「レオンさんは、恋人はいらっしゃらないんですか」

つい勢いで聞いてしまったことを、輪が反省しても遅かった。我ながら失礼な質問だと思う。

でも、レオンはおかしそうに微笑んでいる。

「何故私に、そんな質問を？」

「すみません…っ、変なことを聞きました。忘れてください」

「今は恋人はいないよ」

「え――」

「爵位を継いで、妹を淑女に育てることと、仕事に夢中だったから、ふられてばかりだ。私は恋の相手としては、魅力に欠けるらしい」

謙遜《けんそん》だろうか。地位も名声も手にしている、こんなに素敵な人が、ふられるなんて思えない。

「僕は、この列車も、レオンさんご自身も、とても素敵で、魅力的だと思います」

輪は率直な思いをレオンへと告げた。レオンと一緒に旅をしたら、女性ならきっとみんな彼のことが好きになるだろう。男の輪だって、レオンのそばにいるだけで鼓動が高鳴って、こんなにときめいてしまうのだから。

「輪。君はまた、私を元気づけようとしてくれているのか？　なんて優しい人なんだ」

「ぼ…っ、僕は、別に優しくなんか、ないです」

「謙遜は日本人の美徳と言うが、本当だね。とても慎《つつ》ましやかな君から、目が離せなくなってしまいそうだよ」

レオンが嬉しそうに微笑みながら、輪の耳元で囁く。彼の吐息に髪をくすぐられて、一瞬輪は、ぼうっと頭の中を霞《かす》ませた。至近距離から見つめてくる翡翠色の神秘的な瞳に、無意識に吸い込まれてしまいそうだ。

不可思議な沈黙が流れた二人の間で、タタン、タタン、と列車の走行音が静かに響く。すると、その音に混じって、通路の向こうから革靴の足音が近付いてきた。

「――失礼いたします。ネーベルヴァルト閣下、こちらでしたか」

レオンに声をかけたのは、彼の特等客室のバトラーだった。二人で見つめ合っていたことが恥ずかしくて、輪は小さく体を縮こめた。

「閣下に郵便が届いております。急ぎ確認の必要なものとのことです」

「ああ、ありがとう」

この列車には郵便のサービスがあり、停車駅を利用して、手紙や小包の受け取りができる。もちろん車内からの発送も可能だ。

バトラーから受け取った封書のうち、レオンは数通を、開封せずに返却した。どれも飾り気のない白い封筒で、プリンターで印字したような機械的な宛名が目立つ。

「これは処分しておいてくれ」

「よろしいのですか？」

「ああ。嫌がらせの手紙だ。開封しても不快になるだけだから、今後の配達は遠慮する」

「承知いたしました」

輪は怪訝に思って、レオンを見上げた。彼は軽く溜息をつくと、無機質なその白い封書を手に取った。

「これの中身は、私への罵詈雑言《ばりぞうごん》が書かれている手紙だ。私のオフィスや自宅にも、似たような封書が、日に何通も届いている」

「え…っ」

「もっと悪質なものもある。このダイヤモンド・エクスプレスが欠陥車両だと、根拠もなくデマを流されたり、車体にスプレーで落書きをされたりして、傷付けられているんだ」

輪は驚いて、息を呑み込んだ。レオンとこの列車が、謂《いわ》れのない嫌がらせを受けているなんて。

「いったい誰が、そんなひどいことをしているんですか」

「犯人は分からない。私のことをよく思っていない人間が、どこかにいることだけは確かだ」

「警察に届けたりは――」

「もちろん、警察にも鉄道管理当局にも、届け出はしてある。こちらとしても、列車の警備には最大限の注意を払っているよ」

「もしかして、警備員がたくさん乗車しているのも、僕が駅で不審者と間違われて取り押さえられたのも、そのためですか?」

「ああ。あの時は失礼なことをしてしまって、すまなかったね。今回は私が乗車しているから、警備がいっそう厳重になっている。嫌がらせをする側としては、私に直接的な攻撃を仕掛けるチャンスだからね」

「――閣下。そのようなお言葉、胸が痛みます。閣下に心からお寛ぎいただくことが、我々スタッフの願いですのに」

バトラーが左胸に手をあて、レオンに忠誠を誓いながら、そっと口を挟む。レオンはすまなそうに苦笑して、彼の肩を軽く叩いた。

「気を悪くしないでくれ。鉄道会社側から、嫌がらせが続くようなら運行の休止を検討すると言われて、ナーバスになっていたんだ。すまない」

「休止…っ？　レオンさん、この列車が走れなくなってしまうんですか？」

「あくまで検討だよ。嫌がらせが他の乗客に及ぶ危険を考えて、私はこの列車に乗車するのを控えていたんだ。だが、今回は新型車両の初めての運行でね。走行に問題がないか、デザイナーとしても出資者としても、自分の目でチェックをしなければいけない。――私が自分の責務をまっとうできるのは、乗客を守る警備の者や、この列車の信頼に足るスタッフのおかげだ。バトラーの君も、なくてはならない存在だよ」

「閣下…。申し訳ありません。差し出がましいことを申しました」

深々と一礼をするバトラーに、レオンは優しく微笑んで見せた。なんて強く、気高い人なんだろう。レオン自身も嫌がらせを受けているのに、少しも恐れていない。彼のまっすぐな使命感と責任感に、輪は目を瞠《みは》った。

嫌がらせの犯人は、いったい何が目的で、レオンとこの列車をつけ狙っているのだろうか。輪は心の中で憤《いきどお》りながら、リターンアドレスのない白い封書を見つめた。卑怯《ひきょう》な人間に、レオンは屈したりしない。早く嫌がらせが終わるように、輪は祈らずにはいられなかった。

3

「――ダイヤモンド・エクスプレスの沿革、歴史、基本的な車両のデータと、沿線情報に、写真。レポートに添付する資料はこんなところかな。問題は本文だ。書きたいことがいっぱいあって困るよ」

充実感たっぷりの嬉しい溜息をつきながら、輪は自前のノートパソコンのキーボードを叩いた。

輪の会社では、社員が立てた旅行プランを採用するかどうかは、プレゼンで決まる。上司や同僚たちの前でレポートを発表するのは、人前に出ることに慣れていない輪にとっては、とても大変なことだった。

「今回こそは、プレゼンを成功させないと。最高の列車で勉強させてもらってるんだ。この列車に乗せてくれたレオンさんのためにも、がんばらなくちゃ」

パリを出発してもう四日、ダイヤモンド・エクスプレスは各地を巡って、今はハンガリーのブダペストに向かっている。車窓から見えるドナウ川は緩やかに流れ、街並みの風景に見事に溶け込んでいて、輪はつい、キーボードを叩いていた手を止めた。

「ダイヤモンド・エクスプレスの沿線は、本当に記録に残したい風景ばっかりだ。この列車が休止になるなんて、やっぱり考えられないよ」

先日レオンに聞いた、彼とこの列車への嫌がらせの話が、輪の耳に残っていた。もし休止になったら、せっかくのこの新型車両も、最初で最後の運行になってしまうかもしれない。

「そんなの、世界中の鉄道オタクが黙ってない。嫌がらせの犯人もこの景色を見て、改心してくれたらいいのにな」

ビデオ機能に切り替えた一眼レフカメラを、輪は窓の方へと向けて、ライティングテーブルの上に固定した。ドナウ川沿いの景色を動画に撮りながら、客室に据え付けられたキッチンで紅茶を淹《い》れる。

今日は一日中ここに籠《こも》ってレポートを書いていたから、肩や背中が凝って痛い。輪は紅茶で疲れを癒した後、ストレッチ代わりの散歩をしに、客室を出た。

「後でスパにでも行ってみよう。ゆったり足を伸ばしてお風呂に入りたい」

乗客に毎日配布されている運行情報では、今日はブダペストのホテルに一泊して、ゆっくりと街を観光できることになっている。ホテルの広いバスルームも魅力的だけれど、輪はなるべく、この列車を離れたくなかった。

「あら、こんにちは、リン」

列車の中ほどにあるサロンを通り掛かると、顔見知りに声をかけられた。輪の隣の客室に夫婦で乗車している、ジャクソン夫人だ。レオンと同じ出資者の一人であり、旅行とカメラが趣味の悠々自適な貴族で、輪にも気さくに話しかけてくれる。

「こんにちは、ジャクソンさん。今日もいい写真は撮れました？」

「ええ。あなたもご覧になる？　早起きをして、朝霧の風景を撮ったの」

「わ…、霧の向こうから朝陽が射して、ファンタジックですね」

ジャクソン夫人のデジタルカメラのプレビューを見ながら、暫《しば》しの立ち話に興じる。すると、近くを歩いていた別の乗客が、夫人に挨拶をした。

「ジャクソン夫人、ご機嫌麗しく。よろしければシャンパンなどいかがです？」

輪は、はっとした。その紳士の顔に、見覚えがあったからだ。

（この間、パウダールームでキスをしていた人だ……っ）

偶然の出来事に驚いて、輪が瞳を丸くしていると、夫人は優雅な物腰で彼へと返事をした。

「ご機嫌よう。お誘いは嬉しいのだけれど、もう随分飲み過ぎてしまって。カジノに夫を置いて、こちらへ逃げて参りましたの」

「それは残念。私はこれから友人に呼ばれて、一勝負しに行くところです」

「それは楽しみですこと。今日は何のゲームで勝負なさるのかしら」

「ポーカーですよ。——君、確かネーベルヴァルト閣下のお連れだったね。一緒にどうだい？」

不意に視線を向けられて、輪はもっと驚いた。キスシーンが頭に蘇《よみがえ》ってきて、うまく言葉が交わせない。

「ぼ、僕、ですか？」

「ああ。今日はメンバーが少なくてね、ポーカーのルールを知っているなら、誰でも参加自由だ」

「でも——」

「行ってらしたら? リン。カジノは楽しいところよ。あなたは遊興に不慣れなようだから、一度試してみるといいわ」

「ジャクソン夫人の許可はいただいた。さあこっちへ。私についておいで」

「あ、あの、ちょ…っ、腕を引っ張らないでください…っ」

輪は半ば無理矢理、カジノ車両へと移動させられた。二車両分を使い、厚いカーテンで窓を覆ったそこは、ラスベガスかと見紛うような別天地だった。

何台も連なるスロットや、高額なチップを賭け合うルーレット。乗客たちの熱気。煌《きら》びやかなステージではダンサーが踊り、マジシャンが華麗なイリュージョンを披露している。上品でクラシカルなダイヤモンド・エクスプレスの車内に、こんなに賑やかな場所があったなんて。

(本格的なカジノだ。列車でここまで充実しているのはすごい…っ。日本の列車にも、こんなカジノ車両があったら、きっと大人気になる)

カジノが禁止されている日本も、最近やっと解禁のムードが高まってきている。旅行プランナーとしては、後学のためにこの車両もよく見ておきたい。

強引に連れて来られたことを忘れて、輪は好奇心の赴《おもむ》くまま、きょろきょろと車内を見回した。黒服のディーラーが投げ入れた、ルーレットの球の行方を目で追っていると、不意に背中を押されて、カードゲームのテーブルが並ぶ一角へと促される。

「私たちの遊び場はこっちだ。——やあ、お待たせ。楽しんでる？」

「遅いじゃないか。あなたのせいで、スロットでだいぶやられたよ。責任を取ってくれ」

「弱いのは君の責任だろう。お仲間を調達して来たんだ。あの伯爵閣下のお連れだよ」

先にテーブルで待っていた紳士が、輪を見上げた。何とそれは、パウダールームでキスをしていた相手の男性だった。

「歓迎するよ、さあ座って」

「はじめまして。し、失礼します」

「グラスを一つ追加だ。君もワインでいいかい？」

「は…、はい。いただきます」

輪をポーカーに誘った紳士が、ボーイを呼んでグラスを持って来させる。二人は、輪にキスシーンを見られていたことに、全然気付いていないようだった。

（よかった。このまま何も知らないふりをしていよう）

お互いのために、秘密は秘密のままにしておく方がいい。輪と一緒にキスを目撃したマネージャーも、気付かないふりでやり過ごせと言っていた。輪は乾杯のワインを飲んで、黙ってポーカーに参加することにした。

ディーラー役の紳士がカードを切って、慣れた仕草でそれを配る。いざゲームが始まると、ベットされていく金額の大きさに、輪は冷や汗をかいた。

（財布にいくら入れてたっけ……）

思わず財布の中身を確かめてしまった輪を見て、二人の紳士が、おもしろそうに笑っている。

すると、すい、と輪の前に、つまみのチョコレートを盛った小皿が置かれた。金色の包みのロゴは、日本でも人気のあるベルギーの高級ショコラ店のものだ。

「これは――？」

「君の賭け金としてお使い。僕たちと同じレートは適用しないから、そう青い顔をしないで」

「チョコレート一粒、千ユーロの計算だ。現時点で、君が一番の資産持ちだよ。羨ましい限りだ」

「ありがとうございます。無粋ですみません」

「でも、勝負は本気だからね？　皿が空にならないように気を付けて。ポーカーで身を持ち崩すのは、とても簡単なんだから」

庶民な輪が安心して遊べるように、紳士たちが気を遣ってくれる。二人のスマートな態度が、輪にはとてもありがたかった。

（優しい人たちなんだな。男どうしのキスはびっくりしたけど、あそこに居合わせた僕の方が、悪いことをしてしまったんだ）

心の中でこっそり反省をしながら、輪はチョコレートを一つ、二人が出した賭け金のそばに置いた。

輪に回ってきた最初の手は、キングのスリーカードで、幸先は悪くない。しばらくゲームを続けていると、ルーレット台の方で、ひときわ賑やかな歓声が聞こえた。ディーラーが恭しく礼をしている向こうに、両側を美女に囲まれたレオンが立っている。

「おや、伯爵閣下がここへお出ましとは、珍しい。一勝負するようだぞ」

「早速シャルザンヌ子爵の令嬢たちが、彼にコナをかけている。華やかなことだね」

ルーレット台とポーカーのテーブルは遠く離れていて、レオンは輪がいることに気付いていない。一声かけようと思ってはみても、社交の場にいるレオンにはいつも人だかりができていて、輪は近寄れなかった。

「そう言えば、君と閣下は友人なの？　ディナーの席がいつも一緒だし、秘書や使用人という距離感ではなさそうだ」

カードを交換していた紳士が、何気なく尋ねてくる。もう一人の紳士も、興味津々な眼差しを向けてきた。

「え、えっと……、レオンさんと僕は、どう言ったらいいんでしょう」

友人と言うにはおこがましいし、知人とも違う。輪は説明に苦労した。

「レオンさんと出会ったのは、偶然でした。僕がパリ北駅で困っているところを、助けていただいた縁で、この列車に同乗させてもらうことになったんです」

「ほう。君には幸運の女神がついているらしい」

「代々オーストリア大公の宰相を務めた、名門ネーベルヴァルト家の当主と親しくなれるなんて、羨ましいな。彼はこの列車の乗客の中でも別格の存在だ。血筋、品位、全ての面でね」

「別格というより、彼は異端ではないかな。我々貴族の本分は、先祖の領地と財産を守り、次代に遺《のこ》すことだ。いくらデザイナーの才能があるとはいえ、当主自ら、労働階級の真似事をするなんて。正気ではない」

「閣下に嫉妬《しっと》でもしているの？　やけに辛辣《しんらつ》だね」

「名門の伯爵家には、それなりの生き方があるという話だよ。貴族の黄金の鎖からはみ出て、いったい何が楽しいのだろうね。私には理解できないな」

ふう、と葉巻の煙を吐き出しながら、輪の向かいの席の紳士が囁く。ここでポーカーをしている二人も、レオンと同じ貴族のはずなのに、社交界に馴染みのない輪の目には、少し違って見えた。

トレイン・デザイナーという立派な仕事を持ち、当主の立場を強く意識しているレオンに比べて、葉巻とワインに興じる目の前の紳士たちは、どこか線が細くて退廃的だ。身分が高くて裕福であることが当たり前過ぎて、時間と退屈を持て余している、そんな気がする。

「今日は手札が揃うのに時間がかかるな。――ベット。君の番だよ」

「あ、はい」

新しいカードを引いて、ランプの下で揺れる葉巻の煙に、こほんと咳をする。

四ラウンド一ゲームの勝負を進めるうちに、輪の賭け金のチョコレートは、だんだん少なくなっていった。スリーカードで始まった手札は、一番弱いノーペアとワンペアを繰り返し、逆転を狙ったベットも外してしまう。結局輪は、一度も勝てないまま、チョコレートをゼロにした。

「……降参です。負けました」

「もう音《ね》を上げるの？　あと一ゲーム続けようよ」

「すみません。お皿の中の賭け金が空になったので、僕はこれで失礼します。楽しい時間をありがとうございました」

輪がお礼を言って席を立とうとすると、隣に座っていた紳士に、腕を掴まれた。

「負け逃げはよくないな。ゲーム続行を断るなら、何か置いて行きなさい」

「え…？」

「千ユーロのチョコレートが七粒、しめて七千ユーロの貸しだ。楽しんだ分は、きちんと払っていただくよ」

ふふ、と微笑んだ二人が、輪をテーブルから逃がさないようにして立ち塞がる。七千ユーロなんて大金、輪は持っていない。とうてい払えない賭け金だ。

「あ、あの…っ、僕には、そんなお金は、ありません」

「アクセサリーの一つくらい、身に着けているだろう？」

「本当に、僕はお金になるようなものは何も――。これが、全財産です」

輪は慌てて、スラックスのポケットから財布を取り出した。

どうして急に、彼らは意地悪なことを言い出したんだろう。さっきまで楽しくポーカーをしていたのに。

「仕方がないな。それじゃあ、足りない分は君の体で払ってもらおう」

「体…って？」

「この間、君が目撃したことと同じことを、僕たちにするんだ。うんと濃密なキスをね」

ちゅ、と輪の耳元で、意味深に唇が鳴らされる。輪の体じゅうが一瞬で硬直した。

「そんな…っ、僕が見ていたことを、あなたたちは、知っていたんですか？」

「そうだよ。だから君を、ポーカーに誘ったんだ。目撃者と遊んでみたくてね」

「私たちの秘密を暴いておいて、そ知らぬ顔で同じテーブルにつくなんて、君はなかなかの度胸をしている。キスくらい簡単だろう？」

「ま、待って、離して、ください。あなたたちの秘密は黙っていますから、許して」

「逃がさない。——さあ目を閉じて。貴族の列車に紛れ込んだ、名もない君。遊びのキスをするのに、甘く呼ぶ名は必要ないだろう」

その時初めて、輪は気付いた。二人は輪の名前さえ尋ねなかったし、彼らの名前も教えなかった。最初から、輪は対等に扱われることもなく、貴族の二人に弄《もてあそ》ばれていたのだ。

(優しい人たちだと思ったのに。僕は、浅はかだった)

傷付き、唇を戦慄《わなな》かせる輪へと、彼らの意地悪な笑みを含んだ唇が迫ってくる。逃げたいのに、怒りよりも悲しさで足が震えて、動けなかった。

「そこまでだ」

耳によく通る、凛《りん》と張りのある声が聞こえる。パリで警備員に取り押さえられた時の、デジャブかと思った。キスを奪われる寸前で、輪を救ったのは、レオンの声だった。

「彼を離したまえ。意に染《そ》まない行為は、カジノでは無粋の極みだ」

「これはこれは、ネーベルヴァルト閣下。あなたのような方が、ポーカーにご興味を持たれるとは」

「レオンさん……っ」

「輪、こっちへ来なさい。彼らには従わなくていい」

ルーレットをしていたはずのレオンが、輪へと右手を伸ばしている。輪はようやく動かせた足で、彼のもとへ駆けた。

「閣下、無粋な真似をしたのは、その彼の方ですよ。勝負に負けたら、代償を払うのがルールだ」

「それは本当に、正規の勝負だったのか？　輪、君はいくら賭けて負けたんだ」

輪を背中に庇《かば》いながら、レオンが顔だけを向けてくる。優しいその顔を見た途端《とたん》、輪は力が抜けたように安堵《あんど》して、ぎゅう、と彼の服の袖を握り締めた。

「チョコレート、七粒分です」

輪が正直に答えると、レオンはほんの少し考えた後で、徐《おもむろ》に腕時計を外した。

「君の負け分はこれで払う。彼らのレートで十分お釣りがくるはずだ」

レオンがいつも塡《は》めている、文字盤にダイヤを鏤《ちりば》めた、宝飾品のような腕時計。野次馬をしていた乗客の誰かが、ひゅう、とひやかしの口笛を吹く。

「レ、レオンさんっ？　駄目です、いけません！」

「静かに。――ここを出よう。君には似合わない場所だ」

レオンはポーカーに勝った二人へ腕時計を渡すと、それきり彼らの方も、野次馬の方も見ることなく、輪の肩を抱いてカジノを後にした。

足早にデッキへと出た二人を、車窓から射し込む夕陽が包む。間接照明の下で過ごしていたせいで、視界が眩しい。

「レオンさん、待って、待ってください」

カジノから車両をいくつか離れて、レオンはやっと足を止めた。彼の掌が触れていた輪の肩は、気付かないうちに汗をかいていた。

「助けてくださって、ありがとうございました。でも…っ、あなたの腕時計が」

「気にすることはない。ああしておけば、彼らは満足して引き下がる。最初から彼らのルールに乗ってはいけなかったんだよ」

「賭け金の代わりに使えって、あの人たちはチョコレートを僕に渡してきたんです。後になってお金を請求されるなんて、僕は思ってもいなくて」

「意地の悪いことを。君は彼らに、ていよく遊ばれてしまったな。様子を見に行って正解だった」

「え…っ？」

「サロンでジャクソン夫人に会ってね。君がポーカーに誘われたと聞いた。カジノに出入りする全員とは言わないが、法外なレートで賭けたり、時にはいかさまをしたり、性質《たち》のよくない人間もいる。次からは気を付けるといい」

「レオンさん――」

輪は自分が情けなくて、両手を白くなるまで握り締めて、項垂《うなだ》れた。警戒心も持たずに人を信じて、追い詰められた挙句《あげく》に、レオンに迷惑をかけてしまった。情けなくて、悔しくて、涙が出そうになる。

「すみません…っ。レオンさん、すみません。腕時計は弁償しますから、許してください」

「何を言うんだ。謝らなくていい。顔を上げて」

「もうあなたに顔向けできません。本当にごめんなさい」

「輪」

床を向いたままの輪の頭に、レオンは大きな掌を置いた。彼の温もり。髪を撫でる長い指。その全てが、輪を許すと言っていた。

「理不尽に傷付けられはしなかったか？　彼らは君に、ひどい要求をしていたようだが」

「……は、い。キスを、しろって。でも、レオンさんの腕時計のおかげで、僕は、何もされずに済みました」

「そうか。君を救えてよかった」

レオンの手が、輪のこめかみや耳を包んで、そっと顔を上げさせる。涙で潤んだ視界の中で、レオンは優しく頷いた。

「ウェルカムディナーの時に、君は鉄道の深い見識を語って、私の憂いを晴らしてくれた。今日のことは、あの時のお礼だ。君のナイトになれて光栄だよ」

「そんな……っ、お礼だなんて、僕はただ、好きな列車のことを話しただけです。あの腕時計にはとうてい見合いません」

「腕時計はいくらでも代えが利く。だが、君はポーカーの代償にキスができるような、器用な人ではないはずだ。そんな人の唇は、何としても守らなくてはね」

「どうして、レオンさん、お願いです。弁償させてください。お願いします」

「――黙って。ナイトが勝手にしたことに、感謝はいらない。この話はこれで終わりだ」

「レオンさ……」

ふ、とレオンの端整な顔が近付いてきて、輪の泣き顔へと重なる。頬に小さく、何かが触れた感覚があった。

「え――？」

温かくて柔らかいものが、輪の頬を啄《ついば》む。それがレオンの唇だったことに、後になってから輪は気付いた。その途端、輪の頭の中にあったものが全部吹き飛び、体温が沸騰《ふっとう》した。

「な…、な…っ、何、を」

「ほら。少し触れただけで、耳まで真っ赤じゃないか。少年のようにシャイな輪。君は今度から、ポーカーにキスは賭けないように」

「からかわないでください……っ」

「ははは。少しは元気になったかい？　おいで、輪。運転室から招待を受けている。ドナウ川を望むブダペストの王宮を、特等席で君に見せよう」

レオンは再び輪の肩を抱いて、先頭車両へと歩き出した。彼にキスをされた頬が、まるで心臓になったようにどきどきと脈打つ。

(レオンさんが、神様が、僕に、キスをした)

レオンの唇の感触も、沸騰したままの体温も、どうしようもなく輪を翻弄《ほんろう》する。でも、彼のキスは優しくて、輪は少しも嫌だとは思わなかった。

4

『七尾、そっちの様子はどうだ？　楽しんでるか？　鉄道三昧《ざんまい》もいいけど、あんまりハメを外すなよ。営業所のみんなが、お土産はベルギーチョコがいいって。よろしくな』

職場の先輩から届いたメールを見て、輪は複雑な気持ちになった。チョコレートに罪はないけれど、カジノの一件を思い出してしまうから、今はあまり考えたくない。

「……昨日は本当にへこんだ。レオンさんの腕時計、きっととても高価なものなのに、僕のせいで……」

昨日、何度も弁償させてくださいと言ったのに、レオンに断られてしまった。輪の頰にしたキスが、腕時計の代償だと言って、謝罪さえ受け付けてもらえない。

（代償になる訳ない、挨拶みたいな、小さいキスだった。でも、まだ感触が残ってる）

レオンが唇で触れた頰に、そっと指を置いてみると、仄《ほの》かに熱い気がする。ヨーロッパの習慣では単なる挨拶でも、慣れない日本人の輪には、キスはキスだ。昨日のように、またそこがどきどきと脈打ちそうで、輪は怖くなって指を離した。

これからレオンと一緒にディナータイムを過ごす約束をしているのに、どんな顔をして会えばいいのか分からない。不安定な輪の心を物語るように、今日は珍しく、列車が大きく揺れている。

この日、ハンガリーとルーマニアの国境付近には、重苦しい黒雲が広がっていた。輪は雨粒の当たる窓から空を不安げに見上げて、線路を進むごとに暗くなっていく景色に、溜息をついた。

一週間近くも旅をすれば、そのうちの一日くらいは、天気が悪くなっても仕方ない。でも、輪は激しく窓に叩き付ける、今日のような大粒の雨が苦手だった。

「ますます荒れそうだ。次の停車駅まで、まだだいぶ距離がある。運行に支障が出ないといいけど……」

客室に装備されているラジオをつけてみると、日本で言えば台風並みの低気圧が、列車の進行方向で勢力を拡大しているらしい。穏やかなヨーロッパの秋を襲った、季節外れの嵐だ。

びゅうびゅう、ごうごう、と列車に吹き付ける風の音がすごい。すると、間もなく列車は徐行運転に切り替わり、やがて完全に停止した。スタッフが各客室を回って、緊急の連絡を告げにくる。

「失礼いたします。天候不良により、只今から列車の走行を控えますので、ご了承ください」

「は、はい。分かりました」

「車内のサービスに変更はございません。本日のディナーのご予約は六時と承《うけたまわ》っております。お待ちしております」

緊急停車のお詫びに、と、スタッフが淹れたてのハーブティーとサブレのセットを配ってくれる。でも、手厚いそのサービスは、輪の不安を拭い去ってはくれなかった。

車両の天井を突き破るような、凄まじい豪雨が降り始める。ドドドド、と断続的に聞こえる轟《ごう》音《おん》は、まるで滝だ。めちゃくちゃな暴風に列車は揺れ、輪の体も斜めに傾く。

「う、うわ…っ！」

輪は反射的にドアのそばを離れて、ベッドに潜《もぐ》り込んだ。

シーツに頭を突っ伏して、ぎゅうっ、と固く目を瞑る。車両に叩き付けられる雨の音と、沿線の森の木々を枝ごと引き裂く風の音。まるでこの世の終わりのような恐ろしい嵐に、輪は悲鳴を上げた。

「い、嫌だ…っ！　早く止んで——！」

震えながら、小さく縮めた自分の体を抱き締める。輪は嵐が怖い。子供の頃、ひどい台風で家の窓ガラスが割れ、頭に何針も縫うケガをしたことがあるのだ。ケガの痛みと、家ごと吹き飛ばされるような恐怖を経験してから、二十一歳の大人になった今も、嵐が怖くて仕方ない。

「列車が倒れたらどうしよう。外へ逃げた方がいいかな、でも、またケガをしたら…っ」

シーツを握り締めて怯える輪を、まるで嘲《あざわら》笑うように、嵐は勢いを増す。恐怖心でいっぱいになると、それを少しでも忘れるために、輪は服のポケットから携帯電話を取り出した。

『のぞみ』、『ひかり』、『みずほ』、『さくら』、『あさま』に『はやぶさ』、そして『こまち』。愛用のカメラやパソコンからコピーした、とても大事にしている新幹線の写真を表示させて、食い入るようにそれを見る。

「か…、かっこいいなあ、N700系の『みずほ』。専門学校の研修旅行で乗ったんだ。班のみんなで模擬プランを立てて、楽しかった。九州新幹線、また乗りたいなあ……っ」

空元気を振り絞り、震える唇で綴《つづ》ったのは、現役新幹線の名前とそれに乗った思い出だ。特急電車でも、ローカル電車でも何でもいい。撮り溜めた鉄道写真を見ていると、少しずつ呼吸が落ち着いてくる。輪が「撮り鉄」の鉄道オタクになったのは、嵐の怖さを忘れるための、この方法がきっかけだったと言っても過言ではない。

写真を夢中で見ているうちに、どれくらい時間が経っただろう。地響きのような車両の揺れに混じって、客室のドアをノックする音が聞こえた。

「輪、私だ。いるのか？」

怯え切っている輪の耳にも、その声は鮮明に響く。何とかベッドを這い出して、鳴り止まない豪雨の音にびくつきながら、輪はドアを開けた。

「レオンさん……っ」

「ここだったか。ディナーの時間になっても君が来ないから、どうしたのかと思っ――」

耳を劈《つんざ》くような破砕音《はさい》が、レオンの言葉を掻き消した。通路の窓の向こうで、風に巻き上げられた木の枝が、車両にぶつかって砕け散る。輪は思わず、レオンの胸へとしがみ付いた。

「ひぃィ！」

怖い。怖い。子供のようにがたがたと震える輪の体を、レオンの両腕が、躊躇《ためら》いがちに抱き締める。

「輪？　ひょっとして、君は嵐が苦手なのか？」

声すらも出せなくて、輪は必死に頷いた。すると、レオンは何を思ったか、輪を軽々と両腕に抱き上げて、そのまま通路を歩き出した。

「私の客室へ避難しよう。少しの間、我慢をして」

男のくせに、レオンの腕に抱かれていることを、恥ずかしいと感じる余裕もない。輪はびくびく怯えながら、彼のスーツの胸元を握り締めた。嵐はさらに激しくなって、列車を風雨が覆い尽くす。でも、レオンの特等客室に入った途端、輪を苦しめていた轟音は、半減した。

「大丈夫か？　ここは防音が整っているから、いくらか過ごしやすいと思う」

「……すみ…、ません……。子供の頃に、ひどい台風に遭《あ》ってから、今日みたいな雨と風は、どうしても、怖くて」

「本当に君は目の離せない人だな。一人で震えているくらいなら、すぐに私を呼びなさい」

「恥ずかしい、です。大の大人が、こんな」

「輪。苦手なものに大人も子供もないよ。私だって、深夜に自宅の城の地下室を歩くと、背筋が寒くなる時がある」

レオンは輪を寝室へと連れて行くと、ベッドにそっと横たえた。クッションや聖書、ヨーロッパの鉄道雑誌を数冊と、ブランデー。輪を怖がらせないように、ありったけのアイテムを集めてきて、ベッドの周りをそれらで埋める。

「さあ、君を守る砦《とりで》を作った。もう何も心配はいらない」

「レオンさん――」

「室内はこのまま、明るくしておいた方がいいな。私の妹も、子供の頃によく嵐を怖がっていたんだ。泣いている妹をあやすのは、いつも私の役目だった」

恐怖と不安で真っ青になっていた輪の頬を、レオンの指の腹がそっと撫でた。ベッドの隣に彼は横になって、慈《いつく》しむような眼差しで輪を見つめている。

どうしてレオンは、そんな瞳をするんだろう。嵐に引っ掻き回されていた輪の胸を、とくん、と別の鼓動が打ち付ける。

「ありがとう、ございます。レオンさんがいてくれて、よかった」

嬉しそうに微笑む彼を見て、自分のことをナイトだと言った、昨日のレオンを思い出した。

(本当に、ナイトみたいだ。僕が困っている時に、必ずそばにいてくれる)

束の間の安堵が輪を包み込む。でも、ひどくなるばかりの風雨は、防音の利いたこの客室にも容赦なく襲い掛かってきた。車両が軋《きし》むたびに、びくっ、と体を跳ねさせる輪に、レオンは鉄道雑誌を開いて見せた。

「輪、気分を落ち着けて。私と一緒に読書をしよう」

「はい……っ」

「これはフランスで発行されている雑誌で、鉄道各社の歴代の人気列車が載っているんだ」

「フ、フランスと言えば、ＴＧＶですね。レオンさん、僕はパリ北駅で、オレンジ色のＴＧＶを見たんです」

「レアな旧型車両だ。私はパリにもオフィスがあって、北駅はよく利用するんだが、なかなかお目にかかれないよ」

「あ…っ、僕、その列車の写真を撮りました」

ずっと手に握り締めたままだった携帯電話を、輪はおぼつかない指で操作した。目当ての写真を表示させると、隣からレオンが覗き込んでくる。

「これです。興奮していて、あんまりピントが合ってないですけど――」

「いいや、よく撮れているよ。もっと見てもかまわないか？」

「はい。日本の列車の写真もたくさんあります。レオンさんは、新幹線に乗ったことはありますか？」

「ああ、何度か。とても安全で快適な高速列車だった。何より、秒単位で運行ダイヤを厳守するシステムが素晴らしい。世界中の鉄道会社が見習うべきだ」

「褒めてもらえて、嬉しいです。新幹線は日本の鉄道オタクの自慢なんです」

レオンと二人で、新幹線の写真を何枚も見る。そうしているうちに、電話の液晶の上を滑らせる輪の指が、だんだんと力を取り戻していった。嵐なんてもう怖くない。風の音も雨の音も、もう聞こえない。そう思って警戒を解いた輪を、次の瞬間、恐怖が包んだ。

ドン、と体の芯に響く衝撃が、輪の口を閉ざさせる。大きな横風を受けて、車両の片側が浮き上がった。二十両もある長い列車が、本当に吹き飛ばされようとしている。輪は電話を持っていられなくなって、それを手から離すと、嵐の轟音しか聞こえなくなった耳を塞いだ。

「嫌だ……っ、いやっ…、怖い――!」

もう鉄道写真の特効薬が効かない。怖くて怖くて、どうしようもない。パニックを起こしかけて、小さく体を丸めた輪を、レオンは胸に抱き寄せた。

「輪、落ち着いて。ゆっくり呼吸をするんだ」

「……レオン……さん。は…、はい……っ」

「怖がらないで。私がそばにいる」

冷たい汗で濡れた頬を、レオンの温かな手が拭っていく。でも、蒼白の輪のそこは、小刻みに震えたままだった。

「輪――」

レオンは痛むように秀麗《しゅうれい》な目元を曇らせて、ベッドヘッドに置いていたブランデーのミニボトルを取った。片手でその栓を開け、飲み口を輪の唇に宛がう。

「少し含みなさい。震えが収まる」

「ん、う……っ」

鼻先に強い香りを感じて、輪は思わず瞳を閉じた。ブランデーは輪の唇を湿らせただけで、飲み込むことはできずに、顎《あご》の方へと流れていく。

香りの軌跡を追うように、輪の顎へと柔らかな何かが触れた。自分のものではない、微《かす》かな吐息を感じて、それがレオンの唇だということに気付く。

(え……)

輪の意識を遠くさせたのは、レオンの唇か、終わりのない嵐か、どちらなのかははっきりしなかった。大きな手で顔を仰向かされたかと思うと、輪の唇を、ブランデーの香りに染まった唇が塞いだ。

「んう…っ、んっ、く──」

口移しで注がれる、喉を焼くような強い酒。本能的にそれを嚥下《えんか》しながら、輪は水に溺《おぼ》れる人のように、レオンの服を握り締めた。

口中が熱い。舌先が痺れる。塞がれたままの唇が、レオンのそれと混じって溶けていく錯覚がする。

(どうして。……本当の、キスをしてる。レオンさんと、僕……っ)

どうして、何故、と頭の奥で聞こえる声が、嵐の音よりも大きく響いた。唇を重ねたキスの衝撃が、輪の恐怖心を散り散りにさせていく。

「……ん…っ、ふ……」

吐息を漏らし、身じろいだ輪を、レオンは強く抱き締めた。二人の間でだけ止まっていた時間

が、俄に動き出し、唇と唇が解ける。もう一度口移しのブランデーを飲まされて、ちゅく、と唇で水音を立てられた瞬間に、輪は眩暈を覚えた。

「あ……、あぁ……っ」

一気にブランデーが体内を駆け巡り、輪の意識を霞ませていく。レオンと二度目のキスをしたことを、酔いが回った輪は、ぼんやりと感じることしかできなかった。

「何も考えなくていい。君のことは、私が守る」

「……レオン、さん……」

「このまま目を閉じて、私に身を委《ゆだ》ねなさい。嵐はすぐに止む。雨雲も消えてしまうよ」

ふ、と意識が途切れるその時に、三度目のキスが訪れた気がした。でも、ブランデーが齎《もたら》す眠りに落ちた輪に、それを確かめる方法はなかった。

真っ暗だった瞼の内側に、微かな明かりを感じる。頭が眠りから覚めても、すぐに体を動かすことができなかったのは、柔らかなベッドに背中を深く沈ませていたからだった。

「ん――」

子供がむずかるように、いつまでも閉じていたい瞼を、手の甲で擦る。眠っている間に朝になったのか、カーテンを透かした窓の外が明るい。ピチュピチュ、どこかから鳥の鳴き声が聞こえてきて、輪はそれに促されるように、ようやく体を起こした。

「……僕の部屋じゃない……」

ふかふかのキングサイズのベッドと、瀟洒な調度品で囲まれた室内の光景。そうだ。ここはレオンの客室だ。

はっと口元を手で押さえて、蘇ってきた記憶に唇を震わせる。昨夜、嵐でパニックになる中、気つけ薬に強いブランデーを飲んで、それから、レオンにキスをされた。訳が分からないうちに一気に酔いが回って、気を失うように、このベッドで眠り込んでしまったのだ。

「どうしよう。僕――、レオンさんと、何てことを……っ」

キスが夢の中で起きたことならよかったのに、唇に鮮明に残っている感覚が、期待を裏切る。今更、輪は猛烈に恥ずかしくなって、赤くなった顔を、ばふん、と寝具に伏せた。

(レオンさんは、どうして僕にキスなんかしたんだ)

この間、レオンが頬にしたキスのような、からかっている雰囲気ではなかった。熱い唇を重ねてきた、昨夜の彼を思い出して、輪の頬がますます赤くなる。

キスの理由が分からなくて、ぐるぐる悩んでいると、ベッドの向こうで静かにドアが開いた。革靴の足音とともに、輪を悩ませている人の声が聞こえてくる。

「目が覚めたのか？　おはよう、輪」

「レオンさん…っ。お、おはよう――ございま、す」

恥ずかしくて、レオンの顔をまともに見られない。まごつきながら挨拶をすると、髪を整え、着替えを済ませていたレオンが、ベッドへと歩み寄ってきた。

「気分はどう？」

「あ……、はい、大丈夫です……」

「よかった。夜の間に、嵐は収まったようだ。今朝はいい天気だよ」

窓のカーテンを開けるレオンは、まるで昨夜の出来事を忘れてしまったように、平然としている。輪だけが一方的にレオンを意識していて、彼とうまく言葉を交わすことができない。

（レオンさんには、昨夜のキスは何でもないことだったのかな。僕には大事件だったのに）

キスをした程度で、いちいち意識するのは馬鹿らしいと、レオンがもし思っているのなら悲しい。涼やかなレオンの横顔を見ながら、輪は寝具の端を握り締めて、一人気まずい思いをした。

キスのことを忘れようとしても、記憶はどんどん鮮やかになって、輪の頭から消えてくれない。

「隣のテラスに朝食を用意させた。昨夜から何も食べていなくて、お腹が空いているだろう。着替えを済ませたら、君もおいで」

輪の気持ちも知らずに、レオンは手に持っていた白いリネンのルームウェアをベッドに置いて、先にドアの向こうへ消えていった。

空腹のはずなのに、あまり食欲が湧かない。でも、嵐が怖くて、昨夜レオンに迷惑をかけた輪に、朝食の誘いを断ることはできなかった。輪は浮かない気分のまま、のろのろとルームウェアに着替えて、レオンの後を追った。

テラスはこの列車の最後尾にあたる部分で、天井や壁をオープンにできる、景色を楽しむための場所だ。いつも乗客で賑わっている展望室の車両と違い、特等客室の乗客しか利用できない。

重厚な彫金《ちょうきん》のドアノブを回すと、眩しい朝の光が輪を包み込む。思わず瞼を瞬かせて、ドアの向こうに広がる別世界に、輪は言葉を失った。

（う、わぁ……っ！）

森に囲まれた湖のど真ん中、まるで水の上に浮いているように、列車は停車していた。湖面すれすれに線路が通っていて、透明度の高い水に、列車の藍色の車体と、青色の空が映り込んでいる。

昨日の嵐から一変して、オープンテラスには緩やかな風が渡り、凪《な》いだ湖面のずっと向こうで、魚が跳ねる。テラスの端から足先を少し伸ばせば、線路の上を歩けそうなほど、水辺が近い。

「ここはいったい……っ？」

輪が知っているダイヤモンド・エクスプレスの停車地に、こんな場所はなかった。気まずい思いも忘れて、興奮気味に呟いた輪に、デッキチェアに座っていたレオンは笑顔で答えた。

「旧貴族の領地で、遊興のために、名もない小さな湖の中に線路を造った場所だ。本来なら湖畔の線路を使って通過するんだが、ごく稀《まれ》に、今朝のような、湖面を運行可能な凪《なぎ》の日があるんだ」

「あ…っ、本当だ。向こうの森の方に線路が見えます。昨日はすごい嵐だったのに、水が澄んでいて綺麗──」

「この湖は地下から渾々《こんこん》と水が湧いている湧水湖でね、川のように濁らない。ここの景色は気に入ってくれたかい？」

「はい…っ。湖の真ん中に列車が停まっているなんて、すごく幻想的で、童話や物語の中に迷い込んだみたいです」

感嘆の溜息をついた輪の髪を、森と水の香りに満ちた風がくすぐっていく。清らかな景色は、落ち着かなかった輪の心の中まで浄化していくようだった。

「褒めてもらえて嬉しいよ。湖面でいただく朝食も格別だ。スープが冷めないうちに、さあ、座って」

レオンは立ち上がって、テラスに用意していた朝食のテーブルへと、輪を促した。きらきらと朝陽に輝く銀製のカトラリー、香ばしい焼きたてのパン、輪の好きなチーズとプロシュートのオムレツと、野菜がたっぷり入った体によさそうなスープ。食欲がなかったはずの輪の胃が、豊かな食卓を目にした途端、きゅうきゅう騒ぎ始める。

「すごい、いい匂い。おいしそうですね」

「ああ。君に最高の朝食と、この景色をプレゼントしよう。昨夜、君を助けるためとはいえ、君の唇を奪ってしまったから」

「え……？」

スプーンを取り落として、輪はテーブルに大きな音を立てた。不作法な輪を叱ることなく、レオンは優しい声で囁く。

「嵐を怖がっていた君に、私は為す術もなかった。ブランデーを飲ませて、君を落ち着かせようとしたんだが……、ひどいことをしたと思っている。輪、すまなかった」

思いがけないレオンの謝罪に、輪は一瞬、言葉に詰まった。伯爵の彼が庶民の輪に頭を下げて、その上、こんなにも素晴らしいプレゼントをくれるなんて。

（僕は、レオンさんはキスのことなんて、忘れていると思っていたのに）

彼ほどの紳士が、他にいるだろうか。レオンに心を鷲掴《わしづか》みにされて、感動で体が震えてくる。

涙で視界が潤んでいくのを、輪は止めようもなかった。

「輪――？」

レオンがキスをしてくれたから、嵐のことを忘れて、昨夜輪は眠ることができた。彼がそばにいてくれなかったら、きっと一晩中ベッドの中で丸くなって、怯えて過ごしていたことだろう。

「輪、君を泣かせるつもりはなかったのに。私のことが嫌いになったか？」

いい大人のくせに、ぐす、と泣きべそをかいた輪の足元に、レオンはスラックスの片膝をついた。跪《ひざまず》いて輪の手を取り、彼は恭しく見上げてくる。

「私に涙を拭かせてほしい。君のナイトでいられなかった私を、どうか許してくれ」

輪は首を振って、大きなレオンの手を握り返した。

伯爵の彼に跪かせなくても、輪は彼のことを、嫌ったりしない。昨夜のキスだって、驚いて恥ずかしかっただけで、嫌だとは思わなかった。

(男の人とキスをしたのに、どうして、僕は)

レオンに嫌悪感の湧かない自分が、不思議で仕方ない。彼の手はとても温かく、触れているだけで輪を安心させる。嵐に震えていた昨夜、彼に抱き上げられてベッドまで運ばれた時も、同じ安堵感を覚えた。レオンがそばにいてくれたら、何も怖くない。今まで何度も彼が助けてくれたことを、輪はあらためて思い出した。

「昨夜は、ありがとう、ございました。僕を嵐から救ってくれて、本当に、感謝しています」

「輪……」

「レオンさんのことを、嫌ったりなんかしません。プレゼントが嬉しくて、泣いてしまいました。恥ずかしいです」

照れ隠しに微笑むと、レオンがそっと手を解いて、赤い輪の目尻を拭ってくれた。

(優しい人。僕はあなたと過ごしていると、これが現実の出来事なのか、分からなくなってくる)

息を呑むほど美しい景色に囲まれて、誰もが憧れる伯爵に傅かれていると、自分が地味な鉄道オタクの旅行プランナーであることを、忘れてしまいそうになる。これは夢だ。きっとダイヤモンド・エクスプレスが見せた、甘美な夢に違いない。

「レオンさん、椅子に掛けてくださいい。あなたをいつまでも跪かせていたら、いろんな人に叱られてしまいます」

「ここには君と私しかいないよ。――君の笑顔がまた見られて、嬉しい」

レオンは輪の頬を優しく撫でてから、テーブルの向かいに腰を下ろした。

鳥の声と、時折線路に打ち寄せる小波の音。心地いい自然の音色に包まれて朝食を摂るのは、極上のひとときだった。チーズの糸をフォークにくるくる絡めて、輪がオムレツを堪能《たんのう》していると、客室へ繋がるドアが、ノックとともに開いた。

「失礼いたします。閣下、紅茶をお持ちいたしました」

レオンの専属バトラーが、銀のトレーにのせたポットとカップを運んでくる。茶葉を蒸す目安の砂時計を、そっとひっくり返した彼に、レオンは声をかけた。

「ありがとう。サーヴは私がするから、君は下がっていてくれてかまわない」

「――かしこまりました」

レオンと輪に一礼をして、バトラーは客室の方へ去っていく。彼はこの車両のスタッフの中で、最も紅茶の淹れ方が上手だと評判の人だ。優秀なバトラーを下がらせたレオンは、不思議がっている輪の耳元に、こっそりと囁いた。

「君と二人きりの朝を、誰にも邪魔されたくない。私たちは昨日、初夜を過ごした間柄《あいだがら》だからね」

「し、初夜……っ!?」

たおやかな笑みを浮かべて、レオンがとんでもない冗談を言う。確かに昨夜はキスをしたし、一緒のベッドで過ごしたけれど、初夜だなんて嘘だ。輪は首の後ろまで真っ赤にして、慌てて否定した。

「違いますっ。初夜だなんて、レオンさんは、僕のことを、か…っ、からかってばっかり……っ」

「かわいい人だな、君は。本当に」

しどろもどろになっている輪に、レオンは真顔でそう呟いて、カップへと熱い紅茶を注いだ。

「君に言ったはずだよ。今回の旅は、新婚旅行のつもりで楽しもう、と。私はたった今、花嫁に朝の紅茶を淹れる花婿の喜びを、心から味わっている最中だ」

「で、でも、男の僕を、花嫁だなんて」

ウェディングドレスも、白いベールも、輪には縁のないものだ。かといって、結婚を考えるほど本気の恋をしたことがない輪には、花婿の自分も想像できなかった。

「私の腕の中で眠る君は、この上もなく愛らしく、それでいて、いとけなかった。男は、自分の腕の中にいる人を一生守りたいと思った時に、花婿になる決意をするんだろう。君の寝顔を見ながら、私は一晩中そんなことを考えていた」

「花婿になる、決意って、ちょ…っ、やめてください。そういう話は、僕にされても」

「いけないかな」

「いけませんよ……っ。本当にもう、からかわないで」

「輪。私はからかってなどいないよ。真剣に君のことを、大切だと思ったんだ」

まっすぐな眼差しを向けてくるレオンに、輪は戸惑った。守りたいとか、大切にしたいという感情は、普通は女性に向ける感情だ。男の輪は、レオンのきつい冗談に、どんな態度を取ればいいのか分からなかった。

「そ、そういうことを言うと、変な誤解をされますよ。僕は花嫁じゃありません」

ぷいっ、と顔を背けて、輪はレオンを拒んだ。それなのに、どうしてだか胸の奥がどきどきと騒いで、手に汗をかいてしまう。すると、レオンは残念そうに溜息をついて、亜麻色の前髪を掻き上げた。

「君を混乱させてしまったようだ。もう一度ナイトに戻ろう」

「レオンさん——」

「だが、これだけは知っていてほしい。昨夜の君は、私にたくさんのことを教えてくれた。私の妹の婚約者も、一生妹を守る決意をして、プロポーズをしたのだと思う。そう考えれば、妹の人生を背負うと決めた彼のことを、尊敬できる気がするんだ」

輪とレオンの妹はまったくの別人で、同列に並べることなんてできない。でも、自分の中のわだかまりを受け止め、妹の婚約者を受け入れようとしているレオンは、どこまでも真摯で、輪にはとても眩しく見える。

（僕は男だけど、レオンさんと結婚する人が、幸せだということは分かる）

もしも輪が女性だったら、レオンの言葉を、真正面から受け止められただろうか。あり得ない想像をしていると、さっきまでの戸惑っていた鼓動とは違う何かが、つきん、つきん、と胸に打ち寄せてくる。恥ずかしいのに、くすぐったい、複雑な気持ちに包まれていく。

輪は喉の渇きを感じて、レオンがサーヴしてくれた紅茶を、一口、口に含んだ。砂糖を入れていないのに、その紅茶は甘くて芳醇《ほうじゅん》で、とても贅沢な味がする。

「おいしいです。レオンさんの紅茶みたいに、妹さんも、婚約者の人においしい紅茶を淹れてもらえるといいですね」

「彼はコーヒー派だそうだから、腕前の方は不安だな」

「それなら、レオンさんが婚約者さんに、上手な紅茶の淹れ方をレクチャーしてあげたらどうですか？」

「……そうか、私と彼が、より親しくなるきっかけになるかもしれない。ありがとう、輪。君はいつも私に、目の覚めるような助言をくれる」

自分のカップを、まるで乾杯をするように、輪のカップにかちんと触れさせて、レオンはそう言った。

二人きりの、湖面の静かな朝に響く、彼の声。輪にはやっぱり、夢のようなひとときに思えて、しばらく何も言えずに黙ったままでいた。

朝食の時間を終えた後、ゆっくりと湖を出発したダイヤモンド・エクスプレスは、ハンガリーの国境を越えたルーマニアの玄関口、オラデアの街に停車した。国際空港のある大きな街で、駅もたくさんの利用客で賑わっている。観光を兼ねて、この街には二時間ほど滞在すると、マネージャーから乗客にアナウンスがあった。

「二時間もあれば、ゆっくり街を見て回れますね」

「ああ。オラデア駅には、ポイントの切り替えで停車するだけのはずなんだが、得をした気分だね」

「何か、運行計画の急な変更があったんでしょうか」

「後でマネージャーに状況を聞いてみよう」

カメラを首から提げ、レオンと駅のホームに降り立った輪は、そこで奇妙な光景を目にした。コックコートを着たシェフや、黒服のギャルソンたちが、列車から大量の段ボールを運び出している。段ボールには車内に三箇所あるレストランで使う食材が詰まっていて、封の開いた箱からは、鮮度の悪い萎《しな》びた野菜が見えた。

「何かあったのか？　随分忙しそうだね」

レオンがシェフに声をかけると、彼は作業をしていた手を止めて、慌ててコック帽を取った。

「閣下。ご心配をおかけして申し訳ありません。冷蔵車両が昨日の嵐で停電に遭い、傷《いた》んだ食材を廃棄しているところです」

シェフの話では、無事だった食材は朝食で使ってしまい、夕食や明日以降に使う食材は、この街で緊急に手配したらしい。食材を入れ替えるための二時間の停車という訳だ。

今朝湖の真ん中で食べた、あの最高の朝食は、シェフたちの努力によるものだった。トラブルも何も知らずに、当たり前のように食事をした自分を、輪は恥ずかしいと思った。

「あの…っ、シェフ。今日の朝食、とてもおいしかったです。ごちそうさまでした」

ねぎらいの言葉が、自然に輪の口をついて出る。

「ありがとうございます！　ディナーは当地の旬の食材をふんだんに取り入れますから、どうぞお楽しみに」

シェフに嬉しそうな笑顔を向けられて、輪もつられて嬉しくなった。何故だか、隣にいるレオンも笑みを浮かべて、翡翠色の美しい瞳を細めている。

「輪、君という人は、本当に眩しい人だな」

「え？」

「君ほど優しくて、心が細やかな人に私は出会ったことがない。今さっきの君の一言で、シェフはきっと、君に魅了されたよ。私のようにね」

シェフには聞こえないように、レオンに甘い声で耳打ちをされて、輪の胸はどきん、と鳴った。

乗客をもてなそうと、この列車で働く人々が陰で心を尽くしていることを、ちゃんと知っていたい。それが輪なりの、この列車への敬意の払い方だった。

「僕はお礼の気持ちを言っただけです。あの嵐でも、昨夜メインダイニングは営業を続けていたんでしょう？　食材の被害だけで済んで、本当によかったですね」

停電した冷蔵車両の周りには、故障がないか診ている整備士たちが多くいる。その車両が、自分の客室のある車両に隣接していることに気付いて、輪はふと小首を傾げた。

（あれ…？　そう言えば僕の客室は、一度も停電しなかったのに。嵐が怖くて、ずっと客室の明かりをつけていたけど、何もなかった）

自分の客室を出て、レオンの客室へ移動した後に、停電が起きたんだろうか。輪は変に思って、レオンに尋ねてみた。

「昨夜、レオンさんの客室は停電になりましたか？」

「いいや。室内の明かりはついていたよ。暗くしたら君が怖がるだろうと思って、朝までそのままにしていたんだ」

「え…っ。レオンさん、おかしいです。僕の客室も停電しませんでした。どうして冷蔵車両だけが――」

「この列車は電源をグループ分けして、事故防止にそれぞれ独立させているんだ。隣り合っている車両でも、電源が違えば、トラブルの影響を受けないように造ってある」

「そうなんですか。じゃあ、僕の思い過ごしかな」

「念のために、列車の電気系統を確かめてみよう。設計図を見ればすぐに分かるよ」

そう言うと、レオンは輪を連れて、自分の客室に戻った。寝室のセキュリティボックスのキーを開けて、中に収めていた、彼のタブレット端末を手に取る。

「輪、君を信頼して、これから設計図を見せる。けして口外しないと約束できるね？」

タブレットの電源を入れたレオンは、輪が見たことのない、厳しい顔で尋ねた。それは彼が初めて明かした、トレイン・デザイナーとしての顔だろう。設計図にはこのダイヤモンド・エクスプレスの機密が詰まっている。輪は気持ちを引き締めて、力強く頷いた。

「はい。絶対に口外しません。約束します」

「ありがとう」

レオンは短く呟いてから、タブレットに指で触れた。パスワードを入力して、一般には公開されない設計図を表示させる。

(僕は今、とんでもないものを目にしてる。すごい……っ！　この列車の全てが丸見えだ)

お宝の設計図を前に、鉄道オタクの血が否応なく騒ぐ。輪は、ごくん、と唾を呑み込んで、タブレットを覗き込んだ。

「輪、見てごらん。この赤いラインが、冷蔵車両の電気系統だ。同じ系統に私の客室が含まれて

いるから、やはり、冷蔵車両だけ停電したのはおかしい」

「普通の事故やトラブルではない、ということですか？」

「ああ。輪、よくこの不可解な停電に気付いてくれた。――もしかしたら、今回のことも、例の嫌がらせに関係しているかもしれない」

「え……っ」

設計図を見つめながら、レオンが重たい口調で呟く。彼の言葉に、輪は俄に緊張した。以前聞いた、レオン自身やこの列車に対しての、悪質な嫌がらせのことを思い出したからだ。

（わざと車両を停電させるなんて、悪質にも程がある。それに、列車のことに詳しい人間じゃなければ、こんな真似はできない）

停電が起きた昨日、この列車は駅ではなく、国境付近の線路上で緊急停車していた。嵐の中を、外部から誰かがわざわざ嫌がらせをしに来るとは考えにくい。

「……レオンさん、もしこれが本当に嫌がらせなら、犯人は列車に乗っている乗客か、スタッフの可能性が高いんじゃ……」

本当はこんなこと、想像もしたくない。ダイヤモンド・エクスプレスに関わる人々の中に、レオンの立場を貶《おとし》めようとする犯人がいるかもしれないなんて。

両手を握り締めて、俯く輪に、レオンは小さな頷きを返した。彼の固い表情が、輪の憶測が間違っていないことを示している。

「とても残念だが、私も今、君と同じことを考えていた。列車の警備と点検を強化するよう、マネージャーに進言しよう」

「はい。このまま放っておくことはできません」

レオンはそれからすぐにマネージャーと警備主任を呼んで、停電の原因の究明と、全車両の点検を要請した。徹底的なチェックの結果、冷蔵車両の送電回路に、明らかに人為的に切断された痕跡が見つかった。

不気味だったのは、回路を切断された箇所が、他の車両にも複数あったことだ。そのことにもし気付かないまま、終着駅まで列車を走らせていたら、どこかで大きな事故になっていたかもしれない。

「ネーベルヴァルト閣下、閣下のご指摘のおかげで、事故を未然に防ぐことができました。感謝いたします」

腕のいい整備士たちの修理を見学しながら、輪はほっと胸を撫で下ろした。嫌がらせをしても無意味だと知って、これで犯人が諦めてくれるといい。

「最初に停電がおかしいことに気付いたのは、輪だ。感謝の言葉は、私よりも彼に贈ってほしい」

「レオンさん、僕は、何も」

「リン様。あなたはこの列車の恩人です。今後の運行はいっそう安全に留意いたしますので、どうぞご安心してお寛ぎください」

「あ…っ、は、はい。ありがとうございます」

車両の点検を終えたマネージャーに、最敬礼で感謝をされて、輪は面映ゆかった。

二時間の停車予定を少し過ぎてから、列車はオラデア駅を出発して、次の目的地へと走り始める。停電の防止と安全の確保のために、終着駅まで整備士たちも同行することになった。

いろんな出来事が起きた今日は、レポートを纏めるのも大変そうだ。輪は開け放った車窓の向こうの景色を眺めながら、いつものようにパソコンを立ち上げて、仕事へと頭を切り替えた。

5

どんな旅にも始まりと終わりはある。出発地の高揚感《こうよう》が、終着地の満足感に変わるまで、過ぎていく時間を惜しみながらも楽しむのが、旅人というものだ。

十日間のダイヤモンド・エクスプレスの旅も、中間地点をとうに過ぎて、そろそろ終盤に差し掛かっている。ルーマニア中部の街、シギショアラに到着した輪《りん》は、レオンに誘われて世界遺産の歴史地区へと繰り出した。

何百年もの間、他国からの侵攻に耐えてきた街並みは、小高い丘の城塞を中心に広がっている。ランドマークの時計塔や、その内部にある博物館を見て回った輪は、世界遺産の魅力の虜《とりこ》になってしまった。

「何度も戦火のあった国で、ここまで街並みが保存されているのは、奇跡的ですね」

「歴史を後世に残す価値を、この街の人々は共有していたんだろう。きっと、多大な神のご加護《かご》もあったはずだ」

「はい。防塞で守られた教会群にも立ち寄ってみたいです」

丸いドームが目を引く、シギショアラのカテドラルに足を運び、ルーマニア正教会の厳粛な空気に触れる。教会内の天井画や壁画に感動した輪は、美しく描かれた荘厳なイコンに、大好きなダイヤモンド・エクスプレスの永遠を願った。

（ダイヤモンド・エクスプレスが、この先もずっと、走り続けられますように）

心の中でそう願っていると、輪のそばで、レオンも左胸に手を当てた。レオンは静かに瞼を閉じて、何かを一心に思っているようだ。

「――レオンさんは、何かお祈りをしたんですか？」

聖堂の中をゆっくりと見て回りながら、輪は気になって尋《たず》ねた。レオンは少し、照れたように微笑んで、聖壇へとまっすぐに伸びている通路の前で、足を止めた。

「もうすぐ私の妹も、婚約者と神へ永遠の誓いを立てる。新しい家族を作っていく二人に、幸せが訪れてほしい。そう祈ったんだ」

それはレオンの、兄としての心からの祈りだった。妹思いの彼の願いを、神様が叶えてくれないはずはない。

「絶対に幸せになれます。こんなに優しいお兄さんがついているんですから」

「輪。君がそう言ってくれると、心強い」

すると、レオンは輪の手を取り、自分の腕へと絡めさせて、通路を歩き出した。聖堂の中で腕を組む二人は、まるでバージンロードを進む、花嫁とその父親のようだった。

「レオンさん？　ど…、どうしたんですか？」

輪は動揺して、声を上擦《うわず》らせた。慌てて腕を離そうとすると、レオンに引き止められる。

「結婚式の予行演習をさせてくれ。うっかり取り乱して、私が泣いてしまわないように」

「予行演習――、父親役の？」

「ああ。当日はきっと、足が震えてうまく歩けないだろう。君と二人きりの今なら、失敗をしても神はお叱りにならない」

レオンの囁きに、輪の鼓動が重なった。男なのに、花嫁役にされるのは抵抗感がある。でも、輪は彼の腕を振り解くことができなかった。妹のことを大切に思う、レオンの優しさを知っているからだ。

（恥ずかしいけど、レオンさんと、妹さんのためになるなら……）

自分にも役に立てることがあるのなら、愛情溢《あふ》れる兄妹に協力したい。輪はそう思い直して、頷いた。

「す、少し、だけなら、お付き合いします」

「ありがとう、マリアのように慈悲深い輪。聖壇のところまで、一緒に進もう」

「……はい……っ」

聖堂はしんとしていて、二人の声だけが、高い天井に反響している。レオンの腕に触れた自分の手が、やけに熱く感じられて、輪は思わず、ぎゅっと掌《てのひら》を握り締めた。

天井に描かれた、聖人や天使たちに見守られながら、輪は花嫁の役を演じた。レオンの腕の逞《たくま》しさ。輪の歩幅に合わせてくれる、彼の完璧なエスコート。男どうしでバージンロードを歩くなんて、不自然なはずなのに、輪の鼓動は、とくん、とくん、と高鳴り始めた。

（レオンさんは、時々僕のことを、花嫁扱いする）

新婚旅行のつもりで一緒に旅をしよう、と言ってくれた時も、あの綺麗《きれい》な湖面で朝食を摂った時も、そして今も。レオンに花嫁のように大事にされるたび、輪は恥ずかしくてたまらなくて、胸が騒いで、自分を見失ってしまう。

（……どうしたんだ、僕は。レオンさんに出会ってから、ずっと変だ）

硬いはずの聖堂の床が、クッションを敷き詰めているようにふわふわしている。レオンにエスコートをしてもらわないと、まっすぐに歩けない。

ミサで司祭が祈りを捧げる聖壇に、ようやく辿り着いた輪は、熱のひかない手をレオンの腕から離した。すると、レオンは輪のことをまっすぐな眼差《まなざ》しで見つめて、瞬きもなく言った。

「私から妹を――花嫁を攫《さら》った花婿は、神の御前で花嫁のヴェールを上げ、誓いのキスを交わすんだ」

キスという囁きに、輪の胸はまた、どきん、と揺れた。

レオンは父親役から、今度は花婿役になって、ヴェールの代わりに輪の前髪を掻き上げていく。露《あらわ》になった瞳で、レオンと視線を合わせた輪は、彼の翡翠《ひすい》色の瞳の中に、自分が閉じ込められていることに気付いた。

「輪」

「は……、は、い」

「出会ったばかりの君のことを、今ここで、神に大切にすると誓うのは、おかしいかな」

「え……っ」

「あの嵐の夜、震える君を腕の中に抱いている時、思ったんだ。君のことを、心から守りたいとね。こんな気持ちになった人は、君が初めてだ」

輪の鼓動が、レオンにも聞こえてしまいそうなほど、大きく鳴り響いた。告白に限りなく近い、彼の言葉。何と答えていいのか、輪は驚きと、戸惑いと、嬉しさに同時に襲われて、声一つ出せなかった。

（レオンさんは、僕のことを、本当に大切だと思っていてくれたんだ）

嵐の翌日、彼が告げてくれた想いを、輪は拒んだ。からかっているんだろうと否定して、まともに受け取らなかった。でも、神様の前で、レオンは嘘をつくような人じゃない。

どうしよう。嬉しさが戸惑いを打ち消していくのに、激しい鼓動が邪魔をして、輪を立ち竦《すく》ませる。黙り込んだまま、胸を鳴らしてただレオンを見上げることしかできない輪に、もう一度彼の囁きが降ってきた。

「私は君に教えられた。大切な人を守りたいのは、妹も、婚約者の彼も同じはずだ。私がわだかまりを捨てて、二人のことを祝福できるようになったのは、君と出会ったからだよ」

レオンの瞳が、だんだん熱っぽくなっていく。彼の直截《ちょくさい》な眼差しを受け止めきれなくて、輪は反射的に、首を左右に振った。

「輪。私の気持ちを否定しないでほしい。君がそばにいてくれるだけで、私は癒され、満たされる」

「い……、いいえ……っ」

ぶるぶるっ、ともう一度首を振る。

輪はレオンに、何も教えていない。身分の違いも弁《わきま》えず、彼の厚意に甘えて、一緒に旅をしてきただけだ。

(そばにいて、満たされていたのは、僕の方だ)

レオンは偶然出会っただけの輪を、ダイヤモンド・エクスプレスに乗せてくれた。嵐の夜も、カジノで騙《だま》された時も、彼は輪の危機にいつも駆け付けてくれて、守ってくれた。

レオンと出会って、まだ十日にも満たないことが、信じられない。パリの駅で、彼を見た瞬間から、輪は魅了されていた。レオンがダイヤモンド・エクスプレスを造ったデザイナーで、鉄道オタクの神様だから、魅《ひ》かれるのは当たり前だ。でも、一緒に旅をしているうちに、彼という存在そのものに、輪はどうしようもなく引き寄せられていった。

「僕は、あなたのそばにいると、いつも夢を見ているみたいに、幸せな気持ちになります」

胸の鼓動にせっつかれるように、正直な想いが、輪の唇から溢れ出る。遠い日本からやって来た、貴族でも何でもない輪が、伯爵のレオンにこんな想いを告げるのは、許されないことかもしれない。でももう、輪は止まらなかった。

「僕――、僕も、レオンさんのことを、大切な人だと、思っています」

「輪」

「できることなら、ずっと一緒にダイヤモンド・エクスプレスに乗って、レオンさんと旅がしたい」

「私も同じだ。君との旅が、終わらないでいてくれたらいいと思っているよ」

二人で同じ想いを抱いていることを知って、輪は胸がいっぱいになった。でも、この旅には終着駅がある。レオンの妹が結婚式を挙げる街に着くまでの、限られた旅なのだ。

旅が終われば、もう二人は会うこともない。輪は日本に帰り、レオンは伯爵家の当主として、そしてトレイン・デザイナーとしての毎日が待っている。出会うはずのなかった二人の旅は、束の間の幻想のように儚《はかな》くて、どんなに望んでも永遠を約束するものなんて何もなかった。

(そんなこと、分かってたはずだ。レオンさんのそばに、ずっといることはできない。この旅はもうすぐ終わるんだ)

たった今まで考えもしなかった別れが、輪の中で急速に現実になっていく。ダイヤモンド・エクスプレスでレオンと過ごした時間は、あまりにも濃密だった。彼と出会う前の自分がどうだったか、もう思い出せない。そして、彼がそばにいない、これからの長い時間を、どう過ごしていけばいいいか分からない。

「レオンさん……っ」

輪は衝動的に、レオンへと両腕を伸ばして、自分よりも大きな彼の体を包み込んだ。レオンと旅を続けたい。このまま離れたくない。彼との別れが来るのが、寂しくてたまらない。

「――輪」

小さな呼び声とともに、レオンは輪を抱き締め返した。彼の両腕の、途方もなく強い力が、輪の呼吸を奪っていく。

「人が人に魅かれることに、時間は無関係だということを、私は君に出会って知った」

「僕も、です」

「焦《こ》がれるような、君への気持ちが何なのか、私は確かめたい。……輪。私はもう一度、あの嵐の夜に戻りたいと思っているよ」

「あの夜に――？」

「君に口づけをした、特別な夜だ。二度目の夜があるのなら、私はまた唇を奪って、君をけして離さないだろう」

長い指で、輪の顎《あご》を捕らえながら、レオンが端整な顔を寄せてくる。息がかかるほど近い二人の距離が、輪の鼓動を、いつしか甘い痛みへと変えた。

（二度目の夜を、僕は、待てない）

レオンの唇が、キスを求めているのを、輪は拒まなかった。自然に瞼が閉じていき、彼を待つ切ない数秒が流れていく。

「――――」

その時、聖堂の外から、談笑する賑《にぎ》やかな声が聞こえてきた。輪は、はっと我に返って、レオンを抱き締めていた腕を解いた。

「す…っ、すみません！　僕……っ」

「輪……」

レオンはどこか痛むように眉根を寄せて、表情を固くした。誰かが談笑する声は、聖堂の外から、入り口へとどんどん近付いてくる。

「こんな厳《おごそ》かな場所で、どうかしていました。すみません、レオンさん、ごめんなさい」

「輪、何故だ。私を拒まないでくれ」

「駄目です…っ！」

まだ抱き締めようとするレオンを、輪は咄嗟《とっさ》に突き飛ばした。男どうしで抱擁《ほうよう》するところを見られて、悪い噂を立てられたらどうする。レオンの名を落とすようなことになったら、取り返しがつかない。

「あら。ネーベルヴァルト閣下、リン、ご機嫌いかが？　あなた方もこちらへ観光にいらしてたのね」

着飾った貴婦人の一団が、案内役の修道士とともに聖堂に現れた。レオンの知人で、輪にも親しく接してくれるジャクソン夫人が、二人のところへ歩み寄ってくる。

「ジャクソンさん。こ、こんにちは」

「――ご機嫌よう、ジャクソン夫人。みなさんも、お楽しみのご様子ですね」

上着の襟の乱れを整えながら、レオンがいつもの穏やかな笑みを浮かべる。優雅な挨拶《あいさつ》を交わす彼へと、貴婦人たちは嬉しそうに顔を見合わせて、秋波《しゅうは》を送っている。

よく見れば、貴婦人たちはみんな、ダイヤモンド・エクスプレスの乗客だった。

「閣下、よろしかったら、私たちとご一緒なさらない？」

「司祭様がこの後、お茶の席を開いてくださるそうなの。閣下もどうぞいらして。列車の話をお聞きになりたいそうよ」

「そうですか。司祭様のお招きとあれば、お断りする訳にはいきませんね」

人気者のレオンを囲む、貴婦人たちの仲間に、輪は加わることはできなかった。キスの寸前で掻き消された、彼の吐息が、まだ唇のすぐ上に残っているようでいたたまれない。

「リン、あなたもいらっしゃいな。また写真を見せあいっこしましょう」

「あ…、でも、僕は――」

「ここにいる私のお友達は、みんなあなたに興味津々なのよ。ねえ、みなさん？」

「ええ。閣下のお連れのあなたのお話も、お聞きしたいわ。私たち、あなたのことがずっと気になっていたのよ」

くすくす微笑みながら、好奇心を隠さない瞳で貴婦人たちに見つめられると、どうしていいか分からない。たった今まで、輪とレオンが抱き締め合っていたことを彼女たちが知ったら、いったいどう思われるだろう。

(絶対に、知られてはいけない。レオンさんは、この人たちにとって特別な、貴族の中の貴族なんだから)

輪はぶるっと背中を震わせて、斜め掛けしているバッグのベルトを握り締めた。

「すみません。せっかくですが、僕は遠慮させていただきます」

「輪？　どうしたんだ。君も一緒においで」

「レ…っ、レポートがあるので、列車に先に戻ります。レオンさんは、みなさんとどうぞごゆっくり。失礼しますっ」

レオンの呼び止める声を、聞こえないふりをして、輪は聖堂を後にした。振り返る勇気のない輪の後ろを、レオンが追いかけてくる。輪は教会の敷地を逃げるように出て、彼を振り切り、歴史地区の街を走り抜けた。

(ジャクソンさんたちが来なかったら、僕はきっとあのまま、レオンさんとキスをしていた)

レオンの腕の中で、キスを待っていた輪は、我を忘れていた。彼の声や、甘い言葉、抱き締める腕の強さ、それら全てが、輪を輪でなくさせる。

(レオンさんに、大切だと言われて、嬉しかった。胸が、どきどきして、今も苦しい)

胸の奥を打ち鳴らす、少しも収まってくれないこの鼓動の意味を、輪は知ることが怖かった。

でも、レオンのキスを求めて震え続けている唇が、もう答えを出している。

(僕は、レオンさんのことが好き——)

子供の頃から、鉄道に夢中だった輪にとって、高名なトレイン・デザイナーのレオンは、神様に等しかった。純粋な憧《あこが》れから始まった輪の想いは、彼と旅をする間に、いつしか恋へと変わっていた。

レオンでなければ、男性を好きになることはなかっただろう。ずっと一緒にいたいと願うほど、一人の人を、強く想ったことはない。鉄道以外に心を動かされることが、自分にあるなんて、輪は考えたこともなかった。

(いつの間に僕は、こんなにレオンさんのことを……。偶然で始まった旅だったのに。レオンさんとの出会いも、信じられないくらい、幸運な出来事だったのに)

神様がくれた、奇跡としか言えない。レオンは輪が出会えるはずもない、住む世界の違うヨーロッパの貴族だ。本当なら、輪がダイヤモンド・エクスプレスに乗ることも、レオンと一緒に旅をすることも、けして許されない。

「は…っ、はぁ…っ、は——」

輪は駆けていた足を止めて、頬から顎へ伝う汗を拭った。じっとりと冷たいそれが、教会にレオンを残して逃げた輪を責めている。

「仕方ないじゃないか。セレブでも何でもない僕は、あの人たちの中には入れない」

貴婦人たちに囲まれていた、レオンの姿を思い浮かべて、輪の胸は、しくん、と痛んだ。同じような場面を、列車の中でも何度も目にした。そのたびに輪は、一抹の寂しさと、疎外感を抱きながら、深くは考えないようにしてきた。

「……レオンさんは、僕みたいな、日本の一般庶民が好きになってもいいような人じゃない」

鼓動とは違う痛みが、輪の心臓を重たく貫《つらぬ》いていく。

レオンに恋をしたと、自分の気持ちに気付いたと同時に、失恋をした。彼は好きになってはいけない人。どんなに魅かれても、輪とレオンは、対等にはなれない。

(そんな当たり前のことを、忘れてしまうほど、レオンさんのことを好きになっていたんだ)

焦がれてやまない気持ちを、無理矢理に過去形にして、心の奥に封じ込める。

輪はもう一度汗を拭って、重たい足でゆっくりと歩き出した。レオンと二人で歩いた時は、何度もカメラのシャッターを切った世界遺産の街並みが、今は輪の視界に入って来ない。

道に迷いながらシギショアラ駅に着いた輪は、ホームの端に停車している、ダイヤモンド・エクスプレスの美しい車体を見上げた。

(僕の旅は、もうすぐ終わる。レオンさんへの気持ちと一緒に)

列車と違う、線路のない輪の恋は、終着駅まで辿り着けない。でも――途中下車をすることもできない。どんなに封じようとしても、いけないと思っても、レオンを好きになったことは、嘘じゃないから。

「っ……」

輪は自分の客室に戻って、固くドアに鍵をかけた。デスクに置いていたパソコンの電源を入れて、書きかけのレポートのデータを呼び出す。

仕事に逃げ込むのは往生際《おうじょうぎわ》が悪い。でも、何かしていないと、頭の中がレオンのことでいっぱいで、おかしくなってしまいそうだった。

「今日は、シギショアラの街を、テーマに書こう。あの教会も、新婚旅行のレポートにはぴったりだ」

早く旅行プランナーの自分に戻ろう。ヨーロッパに勉強しに来たことを思い出そう。このダイヤモンド・エクスプレスに乗ったのは、恋のためじゃない。本物の豪華列車を体験して、お客様の喜ぶ新婚旅行のプランを立てることが、輪の目標なのだから。

（早く、レポートを纏《まと》めなきゃ。日本に帰ったら、すぐに旅行プランを検討できるように。豪華列車は、僕のプランに欠かせないものなんだ）

これまでに書き溜めたレポートを読んでみると、乗車初日の興奮し切った自分の文章は、少し気恥ずかしい。レポートを彩《いろど》るたくさんの写真には、ダイヤモンド・エクスプレスと、沿線の景色、そして乗客やスタッフ、この列車で出会った人々が写っている。

「いったい何枚撮ったんだろう。フィルムだったら、きっとすごいことになってた」

キーボードを叩いて、輪は保存してある写真を開いた。パソコンに取り込んでいたその中には、レオンが写っているものがたくさんあった。

カメラに向かって微笑む彼。車窓の景色を見ながらソファに佇む彼。輪の肩を抱き寄せ、おどけながら自撮りをする彼。そこにいたのは、誰もが『閣下』と呼んで敬《うやま》うネーベルヴァルト伯爵じゃない。輪と二人で旅を楽しむ、レオンという名前の、一人の男性だった。

「レオンさん——」

モニターに溢れる彼の笑顔から、輪は顔を背けて、デスクを離れた。スプリングの利いたベッドに腹這いに寝転んで、ぎゅ、と寝具を握り締める。

苦しいだけなら、自分の気持ちに、気付きたくなかった。好きになってはいけない人のことを、これ以上想ってどうする。

レオンの笑顔を忘れるために、輪は寝具に顔を埋めて瞳を閉じた。恋と失恋を同時になかったことにして、頭を空っぽにする方法は、眠ることくらいしか思い付かない。

ままならない心を真っ二つにしながら、輪は強制的に眠りに落ちた。目が覚めた時に、もし旅が終わっていたら、書きかけのレポートだけを持って、ダイヤモンド・エクスプレスを降りよう。

鉄道好きのオタクが見た、夢のまた夢。甘美なその思い出だけを残して、日本に帰ろう——。

「……ん……っ……」

微《かす》かな振動が、ベッドのずっと下の方から体を揺さぶる。ふ、と輪は眠りから覚めて、暗い室内に目を凝らした。

思った以上に長い時間が過ぎていたらしい。列車は既《すで》にシギショアラ駅を出発して、星の瞬く夜の下を走っていた。時刻を確かめたくて、スラックスのポケットの中にあるはずの携帯電話を探す。

「あ……」

輪が眠っている間に、メールが一通届いていた。レオンが送ってきたそれを、随分《ずいぶん》迷った後で、輪は開いた。

『輪。客室をノックしてみたんだが、休んでいるようなのでメールにしたよ。教会から君を一人で帰らせたことを、謝りたい。今夜はメインダイニングで、マネージャー主催のパーティーが開かれている。君にも顔を出してほしい。待っているよ』

電話を握り締めていた手が、独りでに震え出す。教会にレオンを置いて、一人で逃げ出したのは輪の勝手だ。レオンは何も悪くないのに、謝りたいなんて——。

「レオンさん。あなたが優し過ぎるから、僕は、自分の駄目なところばっかり目について、どうしていいのか分からなくなります」

無礼なことをするな、と、貴族の立場でレオンに叱られる方が、気が楽だった。彼は一度も、輪に自分の地位をひけらかしたことがない。身分の違いを気にしていたのは、輪だけだ。

電話の時刻表示は、とっくにディナータイムの始まりを過ぎている。華やかなパーティーで賑わうメインダイニングに、レオンを一人で待たせておいて、平気でいられるほど輪は無神経ではなかった。

「行か、なきゃ」

機械のようにぎこちなく手足を動かして、輪はベッドを下りた。部屋の明かりは点けないまま、手探りで鍵を摑んで、客室の外へ出る。

ドアの向こうの通路は、誰の姿もなく静寂に満ちていた。タタン、タタン、と列車が線路を渡る音が小さく響く中、メインダイニングに向かおうとしていた輪は、ふと異変を感じた。

「何か、煙たい――?」

くん、と鼻に意識を集中させると、木を燻《いぶ》したような匂いが濃くなってくる。真っ先に火事を想像して、輪の背中に緊張が走った。

「…大変だ…、列車火災だったら、とんでもないことになる!」

匂いの元を探した輪の前に、車両と車両の境の自動ドアの隙間から、白い煙が流れ込んできた。じわじわと地を這って、床を見えなくしていくその煙に、輪は戦慄《せんりつ》した。

(早く、知らせなきゃ。列車はまだ動いている。誰もこのことに気付いていないんだ!)

乗客もスタッフも、ひょっとしたら警備員まで、みんなパーティーに集まっているのかもしれない。輪は急いで携帯電話を取り出して、レオンの番号をコールした。

「早く、早く出て…っ!」

電話が繫がるのを待っている間に、非常ベルを探す。確か、各車両にあるパウダールームの近くに、消化器と一緒に設置されていたはずだ。電話を耳に添えたままパウダールームへ駆けた輪は、壁の一角にあった非常ベルの保護パネルを開けて、赤いボタンを押した。

「――嘘だ――」

ボタンを押しても、反応しない。何の音も鳴らない。車内の安全の点検は、スタッフが毎日しているはずなのに、非常ベルが故障しているなんて！

輪の体を、ぞっと寒気が包んだその時、耳元で声が聞こえた。輪の寒気を一瞬で吹き飛ばす、レオンの声だった。

『もしもし。輪か？　私だ』

「レオンさん！」

彼の声に混じって聞こえる、パーティーの喧騒《けんそう》や、生演奏の音楽がうるさい。輪は電話を握り締めて叫んだ。

「レオンさん、大変です！　火災です！　僕の客室車両に、白煙がどんどん流れ込んできてます！」

『何だって……っ!?』

電話の向こうで、レオンが驚愕している。輪はまだ煙が来ていないパウダールームの中に入って、早口で訴えた。

「火災をマネージャーと警備員に伝えて、乗客を避難誘導してください！　非常ベルが壊れていて、ここからでは伝えられません！　別の車両のベルを鳴らしてみます！」

『いけない！　君も今すぐ避難しなさい！　輪、煙はどこから流れているんだ』

「列車の進行方向の逆――レオンさんの客室がある、後方からです！」

『分かった。先頭車両に近いメインダイニングなら、君がいる場所よりもいくらか安全だ。早くこっちへ逃げるんだ、輪！』

「はい…っ。すぐに向かいます！」

輪は通話を切ると、パウダールームの手洗い場にあったタオルを、水で濡らした。それを鼻の上から巻き付け、深呼吸をして通路へと出る。

輪のいる車両は、既にもうもうと白煙が立ち込めていた。レオンの客室は、火に包まれているのだろうか。視界を失うほどすごい煙の量なのに、何故か、車両の天井の火災報知器もスプリンクラーも作動していない。

(どうして……っ？　ベルも鳴らないし、こんなこと、おかしい)

輪は思わず足を止めて、後方の車両を振り返った。スモークガラスの自動ドアの向こうは、煙でほとんど何も見えない。火がすぐそこまで迫っているのかと、固唾《かたず》を呑んだ輪は、煙に混じって黒いものが動いたのを見た。

「まさか、あっちに乗客が――!?」

輪は通路に立ち竦んで、動揺した。すぐに逃げなければ、自分も危ない。でも、誰かが煙の中で逃げ遅れているのなら、見て見ぬふりはできなかった。

「今行きます…っ！」

輪はタオルの上から口元を押さえると、意を決して後方の車両へ駆けた。

自分の行動が、乗客の立場を逸脱した、危険な行為であることは分かっていた。旅行プランナーに配属される前、会社で添乗員の研修を受けていた時も、非常時は乗務員の指示に従うようにと、講師に口を酸っぱくして指導された。

でも、輪は誰一人、被害に遭《あ》ってほしくなかった。ダイヤモンド・エクスプレスで火災事故が起きるなんて、悪夢としか思えない。レオンが乗客のために、心を尽くしてこの豪華列車を造ったことを知っている。だからこそ、一人の乗客も輪は見捨てられなかった。

「誰か！　誰かいますか！　火災です！　列車のなるべく前方へ、メインダイニングへ避難してください！」

輪は大声を張り上げながら、壁伝いに通路を進んだ。自分がいた車両よりも、ずっと密度の濃い煙を掻き分ける。すると、急ブレーキをかけた列車が、レールを軋《きし》ませながら減速した。運転室に火災の連絡が伝わったのだ。

(レオンさんが知らせてくれたんだ。よかった…っ。これで車外に避難ができる！　レオンさんも早く逃げて！)

列車が停止する瞬間の激しい揺れに、輪は足を取られて、床の上に膝をついた。それでもなお、逃げ遅れた乗客を探して進もうとすると、煙の向こうに、人が二人いるのを見付けた。

「え……っ？」

異常な光景に、輪は自分の目を疑った。一人は足を押さえて床に蹲《うずくま》り、もう一人は、顔を隠すマスクをつけて、蹲った人に向かって棒のような武器を振り上げている。

「やめろ！　何をしてるんだ！」

反射的に叫んだ輪へと、煙の塊《かたまり》が猛然とぶつかってきた。マスクをした不審者が、輪に容赦なく当て身を食らわせて、そのまま車両の前方へと走り去っていく。

「あぅ…っ！」

壁に体を叩き付けられて、通路の端に倒れ込んだ輪は、あまりの衝撃で一瞬息ができなくなった。不審者を追いかけることもできずに、煙に巻かれて、げほっ、ごほっ、と激しく咳き込む。

（駄目だ。先に、逃げなきゃ）

列車は既に停車していて、乗降口のドアにさえ辿り着けば、そこから外へ出られる。

輪は痛んだ体をどうにか起こし、まだ床に蹲っている乗客のところへと、這うようにして近付いていった。

「だ…っ、大丈夫ですか？　起きてください。しっかりして」

「…ああ、……ありがとう。君が来てくれて、助かったよ……っ」

「肩を貸します、走れますか？」

「無理だ。足を挫《くじ》いていて——おい、君は……っ」

「え？」

乗客が輪の顔を見上げて、驚いている。見覚えのある人だと思ったら、以前カジノでポーカーをした時、一粒千ユーロのチョコレートで輪を騙《だま》した人だった。

「あなただったんですか！　と…、とりあえず、ここから逃げましょう。僕におぶさってください！」

「しかし、それは」

「ぐずぐずしていたら危険です！　早く僕の背中に！」

自分よりも上背のある彼を、輪は背中に無理矢理乗せて、白煙の充満したその場所を離れた。

「重たいだろう、君、大丈夫か」

「平気です…っ。それより、どうしてこの車両に残っていたんですか。今夜のパーティーには参加しなかったんですか？」

「パートナーにふられてしまってね。客室で寛いでいる間に煙が回ってきて、逃げようと通路に出たら、怪しい男と遭遇した」

「怪しい男…。さっきの、マスクをかぶった男ですね？」

「ああ。奴がデッキの観葉植物に火を点けているのを見た。咎《とが》めたら突き飛ばされて、足を挫くなんて、まったく無様《ぶざま》な話だよ」

「それじゃあ、あいつがこの火災を引き起こしたんだ——」

輪がもう少し気を付けていれば、不審者を捕まえることができたのに。目の前で取り逃してしまったことが、悔しくてたまらなかった。

（この列車を傷付けるなんて、いったい何のために……っ。絶対に許せない）

憤る背中に乗客をおぶったまま、煙の少ないデッキを必死に目指す。乗降口の重たいドアを手動で開けて、輪はそこから、薄暗い線路の上へと脱出した。

「はあっ、はあっ、もう、大丈夫。助かりましたよ」

「——ああ。ありがとう。君のおかげだ。本当にありがとう」

線路の脇の草叢《くさむら》に、輪は乗客をゆっくりと下ろして、頽《くずお》れるように両膝をついた。息が切れて、体じゅうのあちこちが痛い。でも、安全な場所まで乗客を連れてくることができて、よかった。

輪は自分の上着を脱いで、寒くないように彼の肩に着せ掛けた。

「車内でもし気を失っていたら、大変なことになるところでした。足を挫いただけのケガでよかったですね」

「君……」

カジノで輪を騙した時の、意地悪だった態度が嘘のように、彼は呆然《ぼうぜん》としている。輪は彼の背中を優しく摩って、汗だくになった自分の頬を拭った。

「手当てのできる人を呼んできます。このまま、ここにいてください」

彼をそこに残して、輪は線路脇を歩き出した。列車はちょうど半分の位置で、同行していた整備士たちによって、前方と後方が切り離され、前方の車両は線路の少し離れた場所に停車していた。無事だった乗客たちが、メインダイニングの車両の窓を開けて、不安そうに後方の車両を見守っている。

輪は列車に常駐している医師を探して、足を挫いた乗客がいることを伝えた。恐る恐る、自分が逃げてきた列車の後方を見上げると、装飾を施した車両が煙に汚されて、美しい藍色の輝きを失っていた。

(レオンさんの、ダイヤモンド・エクスプレスが)

輪は、込み上げてくる涙を、ぐ、とこらえた。開放したドアや、窓という窓から、白煙が外へと溢れ出している。まるで、レオン自身を傷付けられたようで、煙塗《まみ》れで線路に佇《たたず》む列車が、痛々しくてたまらなかった。

「……レオンさん……っ」

彼は脱出しただろうか。電話の向こうで、輪に逃げろと言った彼は、今どこにいるんだろう。

「レオンさん、レオンさん……」

彼のことが心配だった。警備員やスタッフたちが、血相を変えて行き交う中、輪はまるで迷子のように、レオンを呼んだ。

今すぐここへ、自分のそばへ、いつもみたいにいてほしい。どうか無事でいて。

心細さと、煙をかぶった息苦しさで、輪の瞳は潤んだ。泣かないようにこらえていたのに、ぼやけた視界の端に長身のシルエットが映った途端《とたん》、涙が溢れた。警備員たちの間を縫って、レオンが輪へと向かって駆けてくる。

「輪！　――輪！」

「レオンさん……っ」

輪は全身の力が抜けて、そこから一歩も動けなくなった。

レオンが呼んでいる。彼の姿が、輪の視界の中でどんどん大きくなる。泣きながら立ち尽くしていた輪は、レオンの長い腕に抱き寄せられるまま、彼の胸元へと体を預けた。

「レオンさん！」

「輪、無事だったか？　どこもケガはしていないか？」

「……はい……っ。レオンさんは？　大丈夫……？」

「私のことは心配いらない。君が火災をいち早く知らせてくれたから。私のことも、この列車のことも、君が守ってくれたんだ」

「いいえ…っ、僕は、僕、は、非常ベルも鳴らせなくて、煙が、すごくて、レオンさんに電話をするのが、精一杯でした」

「充分だ、輪」

ぎゅう、と腕の力を強くするレオンに、輪も懸命にしがみ付く。彼が無事だと知った今になって、車両を埋め尽くした白煙の恐怖が、輪の体を震えさせた。

避難がもし遅かったら、二度とこうして、レオンに抱き締めてもらえなかったかもしれない。昼間に教会で別れたきり、二度と彼に会えなかったかもしれない。

「君のおかげで、ダイヤモンド・エクスプレスは無事だった。ご覧。煙はだいぶ消えたよ」

「え…っ？　でも、火は——？　レオンさんの客室は、燃えているんじゃ……っ」

「消火班を編成して、今列車内で作業をしているところだ。直に状況が分かる」

宥《なだ》めるようなレオンの優しい声音が、輪の心を少しだけ落ち着かせた。列車の方を見てみると、彼の言う通り、さっきよりも煙が少なくなっている。車両のどこにも、火が燃え広がっている場所はなかった。

「ネーベルヴァルト閣下！　ご無事で何よりです。閣下にご報告申し上げます」

後部車両からマネージャーが降りてきて、レオンのもとへと駆けてくる。いつまでも触れていたい腕を解いて、輪はレオンから体を離した。

「特等客室の安全は確保されました。防火扉が正常に機能し、客室内には火災、煙害ともに、被害はございません。ご安心ください」

「……被害……、なかったんですか——。嘘みたいです。レオンさん、よかった……っ」

「ああ。これも君が知らせてくれたおかげだよ。マネージャー、他の車両の様子は？　負傷者は出なかっただろうか」

「はい。足を負傷したお客様がいらっしゃいますが、常駐の医師の診断では軽傷だそうです。列車内を調べたところ、火元はA等客室のデッキ付近でした。現在消火済みですが、お確かめになりますか？」

「ああ、火元を見ておきたい。消火班には、現場の保存と、しっかり記録を残すように言ってくれ。二度とこんなことを繰り返さないように、列車の安全面の対策を再検討しなければならない。後々、専門家を呼んで詳しく調査をしよう」

「はい、ぜひともお願いいたします」

「――輪、君はここで休んでいなさい。すぐに戻るから」

「僕も行きます。一緒に、連れていってください」

もう、いっときもレオンと離れていたくない。その一心で、彼の上着の裾を摑んだ輪の手を、レオンはそっと握り締めた。

「分かった。私とおいで」

「はい…っ」

繋いだ手の熱さで、レオンも同じ気持ちだということが分かる。二人は手を繋いだまま、案内をしてくれるマネージャーの後をついて、列車の中へと戻った。

煙がほとんど消えた車内は、視界もクリアになって、元の静寂を取り戻しているように見えた。

火元のデッキへ向かった輪は、鉢の部分しか燃え残っていない観葉植物を見て、背筋が寒くなった。

（あの人が言っていた通りだ…っ。ここに火を点けて、不審者は逃げたんだ）

車両の壁の一部が延焼して、黒く焦げている。煤《すす》けた匂いと、消火剤の匂いが混じって、輪の鼻を刺激した。

「燃えていたのはここだけか？」

「はい。早急に調べましたが、火元はこの一箇所のみです。ボヤで済んで幸いでした」

「え…っ、おかしいです。あの煙の量は、とてもボヤには思えませんでした」

「それが、煙の大半は、発煙筒によるものでした」

「発煙筒――？」

輪とレオンは、驚いて顔を見合わせた。マネージャーは、床に広げたシートに並べられていた、束になったたくさんの発煙筒の残骸を指差した。

「この束が、A等客室の二車両で複数見つかっています。密室状態の車内ですから、煙は瞬く間に広がったものと思われます」

「では、火災による煙ではなかったんだな？」

「はい。ただ、非常ベルが作動しないように、人為的な細工をされていました。先日の不可解な停電と同じ、何者かによる仕業《しわざ》でしょう」

「今回のことも、例の嫌がらせの犯人がやったことなのか」

「判断が難しいですが、非常に疑わしい状況です。このまま手口がエスカレートすれば、鉄道会社だけでなく、欧州鉄道管理当局から、運行休止の命令が出かねません」

正体の見えない犯人が、またこの列車に、攻撃を仕掛けてきたのだろうか。運行休止になれば、乗客を終着駅まで運べないどころか、危険な列車のレッテルを貼られて、ダイヤモンド・エクスプレスの名に傷が付いてしまう。

どんな目的があるのだとしても、今回は停電とは次元が違う。ただの嫌がらせでは済まされない。

「あ…っ、あのっ、僕はこの車両で、不審者と遭遇しました！　マスクをつけた黒い服の男が、乗客に危害を加えようとしていたんです」

「輪、それは本当か？」

「はい！　その乗客は、不審者が観葉植物に火を点けたのを、目撃したと言っていました。僕がもう少し気を付けていたら、不審者を捕まえられたのに、すみません……っ」

「輪」

レオンは輪の肩を抱き寄せ、守るように胸の中に包み込んだ。

「謝らなくていい。君に怖い思いをさせてしまった。君を助けられなかった私を、許してくれ」

「いいえ、レオンさん――」

レオンが唇を噛んで、悔しそうな表情を浮かべながら、輪をきつく抱擁する。悔しいのは、輪も同じだ。いつも優雅で、優しく微笑んでくれるレオンに、こんな顔をさせている犯人が許せない。

「閣下。警備の者が車内を巡回しておりますが、今のところ、不審者の情報はありません。既に逃亡していることも考えられるのでは……」

「いや、まだ車内に潜《ひそ》んでいる可能性もある。非常ベルの細工を考えても、不審者はこの列車のことを詳しく把握しているようだ。各客室の警備を手薄にしないよう、徹底してほしい」

「かしこまりました。保安のため、お二人もどうぞ客室でお休みください。安全を確認次第、切り離した車両を連結し、運行を再開いたします」

「ああ。運行開始を待つ間、乗客に何か温かいものを振る舞うように、スタッフへ伝達してほしい。すまないが、君たちを労《ねぎら》うのは、終着駅に着いた後にしよう」

「承知しております。閣下」

「何かあれば、必ず私に連絡を。——輪、そのまま楽にして。部屋に戻ろう」

輪の体が、重みを失くしたように、ふわりと宙に浮いた。

こんな非常時に、マネージャーの見ている前で、レオンの腕に抱き上げられるなんて、恥ずかしくてたまらない。でも、彼の両腕以上に、輪を守ってくれるものは、何もなかった。

(温かい……。レオンさんの腕も、胸も。レオンさんがそばにいてくれるだけで、もう大丈夫。何があっても、平気——)

広い胸元に顔を埋めながら、輪はまた込み上げてきそうな涙をこらえた。

厚い防火扉をくぐって、レオンは自分の客室へと輪を連れていく。被害のなかった室内は、普段と同じように整然としていた。レオンはリビングのソファに輪を座らせると、自分も隣に腰を落ち着けた。

「もう安心だ。ここなら君を守ることができる」

「はい……」

まるで、この室内だけ時間が止まっているかのようだった。同じ列車の中なのに、ここは煙の匂いも、消火剤の匂いもしない。

「君が火災を電話で知らせてくれた時、私はメインダイニングにいた。随分待っても君が避難してこないから、気が気ではなかった。近くのスタッフに力尽くで制止されなければ、君を探して、車内を駆けずり回っていただろう」

レオンの長い指先が、乱れていた輪の前髪を梳《す》いて、瞳を露にさせる。その瞳が溶けてしまいそうなほど、熱い眼差しで見つめられて、どきん、どきん、と輪の心臓が脈打った。

「昼間、教会で別れた時から、どうして君を一人にさせたんだろうと、後悔していた。すまなかった、輪」

「レオンさん、いけないのは、僕の方です。教会から逃げ出した僕が、間違っていた。レオンさんのそばを、離れたくなかったのに、僕には許されないことだと思って、あなたのもとから逃げ出しました」

「輪――。君を戸惑わせた私の罪だ。君に許されないことなど、何もない」

ふ、とレオンの吐息が近付いてきて、輪の髪に、唇が留まった。あやすようなキスは、こめかみへ、そして額へと続いていく。

「もし本物の火災になっていたら、君を傷付けたまま、こうして言葉を交わすこともできなかったかもしれない。君が目の前にいる今を、私は神に感謝している」

レオンが信じる神様に、輪も祈りを捧げたいと思った。何度でも与えられるレオンのキスが、もし失われてしまったら――。そんな恐ろしいことを、けして考えたくない。

「輪。君にもう一度、触れたいと思った。どうしても、君を抱き締めたかった。煙の広がる列車の中で、私は、君のことばかり考えていたよ」

「レオンさん……、僕も……っ。あなたが早く、避難してくれたらいいって、思っていました」

自分が助かること以上に、この列車を傷付けられたことに憤り、そして、レオンの無事を祈っていた。

自分よりも大切だと思える人を、どうして手放そうとしたんだろう。好きになってはいけない人だと、どうして諦めようとしたんだろう。輪が手を伸ばせばすぐそこに、レオンはいてくれたのに。

「輪」

レオンの唇が、鼻先を掠めて、輪の唇のほんの少し上で静止する。短い沈黙は、彼が輪の気持ちを試すための、甘い空白だった。二人の吐息を感じる距離が、輪の胸をいっそう高鳴らせて、そして正直にさせた。

「レオンさん、キスをしても、いいですか」

「――今私に触れたら、二度と君を離せなくなる。それでもいいか？」

「はい……っ」

レオンの温もりを求めて、輪は彼の体を、両腕で包んだ。

「僕も、あなたのことを、離したくない」

「輪……。お願いだ。目を閉じて」

「レオンさん」

「――早く。もう待てないくらい、君に触れたいんだ」

は、と震えた輪の唇を、レオンの熱い吐息が塞いだ。火に包まれたような錯覚がして、輪は一瞬のうちに、頭の中が真っ白になった。

「ん……っ」

キスをしている。頭よりも先に、唇がレオンの唇を感じ取る。触れるだけの優しいそれに、輪の瞼が、うっとりと閉じた。

「……ん、……う…っ」

唇の角度を変えて、何度も重ね合い、互いの体を抱き締め合う。不器用に呼吸を溶かし合って、キスがだんだんと熱を帯びていくうちに、輪の体から力が抜けていった。

閉じることのできなくなった唇の隙間へ、レオンの舌先がそっと忍び込む。ちゅく、と小さく立てられた水音が、やけに大きく響いて、輪の耳は赤く染まった。

「輪、私は君が、いとおしくてたまらない。もっと唇を開けて、君に触れさせてくれ」

「んん……っ、んく……、レオンさん……っ」

「君を感じたい。——柔らかな唇も、熱い舌も、私だけのものにしたい。いいね？」

「は、い。んん……っ……、ん——」

甘い囁きごと、輪の口腔《こうこう》を、レオンの舌が満たしていく。生き物のようにくねるそれに、柔らかな粘膜のあちこちを貪られて、輪はすぐに息を上げた。

（溶けそう。頭が、くらくらする）

こんなにも激しくて、濃密なキスは初めてだった。レオンの服の背中を握り締めて、気を失わないように、必死にキスについていく。

夢中で舌を絡めているうちに、いつの間にか輪の体はソファに沈んで、レオンの重みを受け止めていた。壊れたように打ち鳴らす輪の心臓の上を、大きなレオンの手が覆い隠す。

「君のここから、早鳴りの音がする」

キスを解いて、レオンはそう呟いた。彼の掌に、鼓動が全部伝わっているのかと思うと、輪は照れくさくて、恥ずかしかった。

「ここにもキスをしたい。輪の奏でる音を、もっと聞きたい。これは命の音だよ、輪。私も君と同じ、痛いほど鳴っている」

耳を澄ますと、レオンの胸から、同じように激しく打ち鳴らす鼓動が聞こえてくる。嬉しくて、また涙で視界が潤んでしまいそうで、輪は声を震わせた。

「本当だ――。どくんどくんって、すごい、です」

「君に触れて、私の胸が、歓喜しているんだ。輪、どうか私を拒まないでくれ。君を傷付けたりは、けしてしない」

「レオンさん、あ……っ」

柔らかな首筋を、唇で甘嚙みされて、輪は息を詰めた。くすぐったいのと、それとは違う未知な感覚に、ぞくぞくと肌を震わせる。

「は……、ああ……っ」

シャツのボタンが一つ一つ弾かれ、胸元を露にされていくのに、輪は抗《あらが》わなかった。素肌の上を辿る、レオンの指先。平らな胸に円を描かれて、びくん、と体を跳ねさせる。

「んん……っ……」

指の軌跡を追いかけるように、レオンは同じ場所を、唇で触れた。淡いキスの感触とともに、ちゅ、と肌を啄まれて、仄赤い痕が残る。小さな花弁《はなびら》に似たそれを、レオンにいくつも散らされると、輪の肌の震えは止まらなくなった。

「――怖いのか、輪」

「違い、ます。何だか、ぞくぞくして……っ」

「感じているんだね。君の肌はとても繊細で、正直だ」

「ああっ…、んぅ……っ」

つけたばかりの痕から、つう、と乳首へ舌先で辿られて、輪はのけ反った。

胸がこんなに、敏感な場所だとは知らなかった。レオンが舌と唇で乳首を食《は》んで、柔らかく吸い上げる。つきん、と切ない痛みがして、輪はそこが充血するのを感じた。

「は……っ、あぁ――」

薄い皮膚を通して伝わってきた、レオンの舌の動きは、繊細過ぎてもどかしかった。じんじんと痺れた乳首を持て余して、輪の胸が、無意識にせり上がっていく。

「レ……レオンさん……、そこ……っ、僕――。……うう……っ」

つぷ、と舌先で乳首を押される。まるで輪に催促をさせたいように、レオンはそこばかり触れてくる。放っておかれていたもう片方の乳首にも、指の先で引っ掻くいたずらをされて、輪はもう我慢ができなくなった。

「もっと、強くして、くださ、い」

自分からねだってしまったことを、はしたなく思う余裕もない。焦らされた乳首は真っ赤に腫《は》れて、小さな果実のように熟《う》れ切っている。

「お願いです、レオンさん。もっと……っ、あああ……っ」

輪の懇願に応えて、レオンは窄《すぼ》めた唇をきつく吸い上げた。そのまま舌の上で乳首を転がされて、輪の瞼の裏側が白く染まる。

「んうぅ…っ、あぁ、ん……っ！」

体じゅうが、まるで電流を帯びたように痙攣《けいれん》した。輪の中を駆け抜けた衝撃が、熱の塊になって下腹部へと集まっていく。訳も分からないまま、スラックスの奥が膨れてきて、窮屈《きゅうくつ》そうにチャックを持ち上げた。

「あ…、いや…っ、どうして――」

うずうずと熱のこもったそこを、輪は足を捩《よじ》って隠そうとした。興奮している自分を、レオンに見られたくない。こんなにすぐ反応してしまうなんて、恥ずかしい奴だと思われて、嫌われたくない。

「輪、足を楽にして。恥ずかしがらなくていい」

「でも……っ、駄目です……、見ないで」

きゅう、と閉じた膝を、レオンの温かな手が撫で摩る。ゆっくりとしたその感触に気を取られていると、また乳首を舌で捏《こ》ねられて、輪は喘いだ。

「あぁ……！」

強張りの緩んだ膝に、レオンが逞しい体を割り入れてくる。足を閉じられなくなった輪を、ソファに縫い留めて、彼はスラックスのベルトに指をかけた。

かちゃり、とバックルが鳴る音がして、スラックスの前が寛げられる。とっくに張り詰めていた輪の中心が、下着を自ら突っ張って、恥ずかしげもなく顔を出そうとしている。

「駄目——駄目。見ないで、くださ、…んんぅ…っ」

輪の抵抗をキスで奪い、レオンは下着の中へと手を忍ばせた。ぶるっ、と揺れた屹立が、ひんやりとした彼の指先に触れて、輪の羞恥をいっそう煽《あお》る。

「んっ、んくっ、……や、あ……っ！」

「もうこんなに大きくして。素敵だよ、輪」

「あ…ん、んう……っ」

長い五本の指が、輪の屹立を深く握り込んだ。自分の指とは違う鋭敏な感覚が、屹立をいっそう大きくさせる。レオンに高められた欲望が、輪の先端からじわりと溶け出して、先走りの露《つゆ》を滴《したた》らせた。

「君はとても感じやすいから、涙を零《こぼ》して、つらそうだ」

「あ…っ、あっ、触ったら、いやです、レオンさん……っ」

「このままでは、君の服を汚してしまう」

レオンは屹立から指を離すと、自分の胸元を探って、ポケットに飾っていたチーフを引き抜いた。柔らかなシルクでできたそれを、濡れた輪の先端に纏わせ、もう一度掌の中に包み込む。

「ふ、あ……っ！」

にちゅっ、くちゅっ、と、水音を立てながら、レオンは手を動かした。シルクのさらりとした布地が、あっという間に先走りの露を吸い込み、重たく湿っていく。

淫らな手に導かれるように、輪の下腹部の熱溜まりが、沸騰を始めた。出口を求めて沸き立つそれに、輪は抗うことを忘れて、ソファに預けた体を跳ねさせた。

「ああっ、緩めて、ください。も、もう……っ、レオンさん、僕……もう……っ」

「我慢しないで、出してしまいなさい」

「……手を、離して。レオンさんのチーフが……っ」

「かまわない。いつも眩《まぶ》しい君が、私にだけ乱れた姿を見せてくれた。その証《あかし》を、一滴も残さず受け止めよう」

「……ああ……っ、あ――」

蜜のようなレオンの囁きに、意識を甘く搦《から》め捕《と》られて、輪は我を忘れた。

もう限界がきていた屹立に、レオンの指と掌が、駆け足の快楽を与える。輪は啜《すす》り泣きながら腰をしゃくらせて、シルクのチーフで隠されたそこに、熱を放った。

「いく……っ！　あぁ、んっ、……んっ……！」

「輪――」

「あぁあ……！」

輪の悲鳴が、もう一度キスをしてきたレオンに飲み込まれる。口中を掻き回す舌と、絞るようにチーフごと屹立を握り締める手。輪は、びくん、びくん、と震えながら、理性と意識を同時に飛ばして、止まらない快楽の底へと落ちていった。


――星々の中を走る、銀河鉄道の夢を見た。宇宙空間に無限の長さに敷かれた線路の上を、豪華列車が走っている。

ダイヤモンド・エクスプレスという名のその列車は、宝石のように煌《きら》めく星よりも美しく、かけがえがない。どこまでも、どこまでも、輪を乗せて走り続ける豪華列車。輪は星の一つに触れたくて、車窓へと手を伸ばした。

「輪」

「……え……？」

触れ損なった星の代わりに、輪の手を、温かい誰かの手が握る。ぼんやりと瞬きをすると、瞼の向こうにあったのは宇宙空間ではなく、心配そうに輪を覗《のぞ》き込むレオンの顔だった。

「レオンさん、僕――」

「しばらく眠っていたんだ。無理をさせてしまったんじゃないかと、心配をしていた」

ちゅ、と額にキスをされて、レオンの唇の熱が、輪の記憶を呼び覚ます。その唇に何度もキスをしたこと。彼に触れられ、快楽を教えられて、我慢をすることができなかったこと。恥ずかしくて、それでいて甘苦しい記憶が、輪の顔を真っ赤にさせた。

「君に触れたいあまり、性急なことをした。君は私を、ナイトにも紳士にもしてくれないんだな」

「……僕は、夢中で、途中から訳が分からなくなって、変なことばっかり口走って。あんな風にされたの、初めてだったから……」

「素敵だったよ。普段の君も、我を忘れて乱れる君も。無防備な今の姿も、とてもいい」

「え――？」

は、と自分の姿を確かめると、輪はバスローブを纏って、ソファではなく、寝室のベッドに横たわっていた。汚したはずの下腹部が、綺麗に清められている。輪はますます顔を赤くして、隣に寝転ぶレオンとは逆の方へ寝返りを打って、小さくなった。

「すみません。何も知らずに眠って、すみません」

「恥ずかしがりのかわいい人。こっちを向いて」

「できません――。あなたの顔を、まともに見られない」

「輪、つれなくしないでくれ。後朝《きぬぎぬ》の朝陽には、まだ早い。夜のうちに君をもう一度キスで溶かして、今度はこのベッドに、君の声を散らしたい」

情熱的な囁きを、レオンは容赦なく輪の耳へと吹き込んでくる。後ろから輪を抱き竦めて、レオンは火が点《とも》ったように熱い耳の裏側を、キスで吸い上げた。

「んん……っ」

ちゅ、ちゅ、と小さなキスを続けられて、息を詰める。耳朶《みみたぶ》を優しく甘噛みされたら、もうレオンに抗えない。

「輪。私を独りぼっちにして、夢の中にいた君は、とても健やかな寝顔をしていた。どんな夢を見ていたんだ?」

「銀河鉄道の、夢、です。ダイヤモンド・エクスプレスが、宇宙の中を走っていて、星がとても、綺麗でした」

「星——。そうか。きっとこの景色の下で、眠っていたからだろう」

レオンが、す、と輪の顎を捕らえ、車窓の方へと顔を向けさせる。すると、四角く切り取られた星空が、輪の視界に飛び込んで来た。

「…わ……ぁ……」

プラネタリウムを箱の中に閉じ込めたような、二人だけの星空。街の灯のない、本物の暗闇でしか見えない六等星まで、とてもよく見える。

車窓に時折映る影は、高い木々や、遠くの山肌のシルエットだった。よく耳を澄ましてみると、列車が線路を進む、規則的な走行音がする。

「もう、出発したんですね」

「ああ。朝には次の停車駅、ブカレストに着く予定だ」

「……何だか、嘘みたいです。車内で放火があったのに、何もなかったみたいに列車が動いてる」

「出発駅から終着駅まで、一度始まった旅は、途中で終えることはできない。ダイヤモンド・エクスプレスは走り続けてこそ、ダイヤモンド・エクスプレスなんだ」

「レオンさん……」

「君が火災に気付いてくれたからこそ、この列車のプライドは守られている。君は神が遣わした、守護天使なのかもしれないな」

とくん、とバスローブの下の胸が、鼓動を響かせる。輪は小さく首を振って、レオンに向けている背中を丸めた。

「そんなに、いいものじゃないです。僕はただの、鉄道オタクです」

「輪。君は純粋に、鉄道を愛している人だ。だからこそ私は、君に救われ、そして魅かれたんだ」

輪を抱き竦めたまま、寝癖のついた襟足の髪に、レオンは唇を埋めた。彼の吐息を直に感じて、輪の鼓動が、どんどん乱れていく。

その唇に、また触れたい。糖蜜のように甘い言葉も、もどかしい沈黙も、唇と唇を重ね合わせたい衝動へと繋がって、輪の体を火照《ほて》らせた。

「……輪。こっちをお向き。君の唇が欲しい」

「――」

返事の代わりに、きゅう、とレオンの服の袖を握り締める。彼が微笑んだ気配がして、長身の体が覆い被さってきた。

ベッドの軋みとともに、輪は星空を見上げていた瞳を閉じた。キスを待つ一秒にも満たない時間が、とても長く感じられる。どきん、どきん、と重奏する二人の鼓動は、突然ベッドヘッドで鳴り始めた電話の音に、遮られた。

「すまない」

くしゃりと輪の前髪を撫でてから、レオンが受話器へと手を伸ばす。輪はベッドの上でますます体を縮めて、上がり切った体温を持て余した。

「――私だ。ああ、……分かった。いや、それには及ばない。私がそちらへ向かおう」

短い用件を話し終えて、レオンは受話器を置いた。スタンドの明かりを少しだけ点けて、彼はベッドを下りる。

「レオンさん?」

「マネージャーの執務室へ出向いてくる。ブカレスト駅で、警察が待機しているそうだ。事情聴取があるだろうから、その前に、スタッフや関係者で話し合いをすることになった。今後の安全対策も議題に上る。君が守ってくれたこの列車を、今度は私たちが守る番だ」

「僕も、行った方が、いいでしょうか。不審者のことを、説明しないと」

「君はここにいなさい。不審者を目撃した乗客に、直接話を聞く。——そんなに熱っぽい瞳をした君を、外へは出せないよ」

「え……っ」

「今の君を誰にも見せたくない。マネージャーは、この客室を作戦本部にしたいようだったが、お断りした。ここには誰一人入れない。君と私だけの、プライベートルームにする」

「……レオンさん……」

輪を独り占めにするキスが、不意に唇へと落ちてくる。ぼうっ、と輪の目の前が霞《かす》んで、レオンの顔が見えなくなった。

「鍵は私が持って出るから、先に休んでおいで。念のために、ドアにチェーンをかけておくといい。おやすみ、輪」

もう一度触れるだけのキスをして、レオンはスタンドの明かりを消すと、静かに寝室を後にした。やがて、彼が隣室のリビングを出て、ドアの鍵を締める物音が微かに聞こえる。

一人で残った輪は、しばらくの間、ベッドの上で身動《みじろ》ぎもできなかった。レオンのキスが引き金になって、体じゅうの血が沸騰している。バスローブしか着ていないのに、熱くて、熱くて、火照るどころじゃない。

「……どうしよう……、僕……っ」

輪は下腹部へと手をやって、膨らみ始めたそこを、怖々と掌に包んだ。制御を失ってしまった体が、レオンを求めて、暴走しようとしている。彼が教えてくれた愛撫を思い出して、輪の手が勝手に、興奮した中心を握り締める。

「ん……っ」

こんなこと、いけない。レオンのベッドで、自慰をするなんて、はしたないことだ。

そう思うのに、輪の掌の中で、膨らみは屹立へと変わっていった。男の本能に逆らえなくなってしまいそうで、輪は怖くて、ベッドから跳ね起きた。

「はあっ、は…っ！　駄目だ、こんなことしちゃ。……顔を、洗わせてもらってもいいかな……」

輪は額にじんわりと浮かんでいた汗を拭うと、寝室と同じ客室内にある、バスルームのドアを開けた。

冷たい水を洗面台に溜めて、ばしゃばしゃと顔を洗う。いやらしい衝動はまだ収まらなくて、輪はバスタブの縁に腰掛けて、ローブの裾を握り締めた。

「こんなに、際限がなくなってしまうなんて。まるでレオンさんに、僕を丸ごと、作り変えられていくみたいだ」

中学生の頃に、初めて気になる女の子ができた時だって、こんな風にはならなかった。レオンにほんの少し触れられただけで、輪の体はおかしくなってしまう。

(好きな人に、キスされたら、平気じゃいられない)

レオンの唇、甘い言葉、力強く抱き締める腕、その全部を、彼が惜しみなく与えてくれる。夢かと思うほど大切にされ過ぎて、彼を好きな気持ちが、止まらない。

「……どきどきして、眠れないよ。レオンさんが戻ってくるのを、待っていよう」

輪はバスタブの縁から腰を上げると、もう一度顔を洗った。本でも読めば、気分が落ち着くかもしれない。リビングには書斎スペースがあって、書棚に何冊か、レオンの鉄道雑誌が置いてあるのを思い出した。

（そうだ。ドアチェーンを、かけておくように言われてた）

輪はバスローブのベルトを締め直して、リビングに通じるドアのノブを回した。家具で仕切られた広い空間を、車窓の星明かりだけが照らしている。

カタン、と音がして、輪は飛び上がりそうになるほど驚いた。誰もいないはずのリビングに、人がいる。輪は慌てて壁を探り、天井のシャンデリアの明かりをつけた。

「レオンさんですか…っ？」

眩しい明かりが照らし出したのは、この部屋の主ではなかった。ティーセットを載せたワゴンのそばで、レオンの専属バトラーが、はっとした表情をして輪を見つめている。

「バトラーさん――」

「これは、し、失礼いたしました。寝室の方でお休みとは、存じ上げませんでしたので」

「あっ……いいえ。あの、どこから、入ったんですか。部屋の鍵は、締まっていたと思うんですけど」

「お部屋のマスターキーは、各客室担当のバトラーが、それぞれ管理しております」

「あ、そ、そうですよね。ドアの呼び鈴、聞こえなかったので、びっくりしてしまって、すみません」

「とんでもございません。閣下のご命令で、紅茶をお届けに上がりました。只今ご用意いたしますね」

「レオンさんが、紅茶を――？」

「ええ。ボヤ騒ぎのせいで、リン様がご不安の様子だから、と、先程ご注文がありました」

「それは本当なんですか。本当に、レオンさんが、ここへ届けろと言ったんですか？」

「ええ。閣下のリン様へのお心遣いに、私は感服いたしました」

輪の背筋に、ざわっ、と冷たいものが走った。バトラーは嘘をついている。

（レオンさんは僕に、誰一人この客室には入れないと言った。二人だけのプライベートルームだって…っ。レオンさんが紅茶を注文するはずがないんだ）

どうしてバトラーが、嘘をつく必要があるんだろう。いくらマスターキーを持っていても、接客のプロの彼が、無断で鍵を開けたりするだろうか。それに、輪が彼に気付いた時、室内は暗かった。明かりもつけずに紅茶のサーヴをするなんて、おかしい話だ。

「僕、ちょっと、自分の部屋に戻ってきます。紅茶はそこに置いておいてください」

警戒心にかられた輪は、壁際に体を寄せながら、出入り口のドアの方へ近付いた。美しい陶器のポットから、カップに中身が注がれる音が響く。

「——リン様」

「はっ、はい…？」

そろそろと動かしていた足を止めて、輪はバトラーの方を見やった。彼はカップを持ち上げ、輪を上から下まで眺めて、咎めるように目を眇《すが》めた。

「そのお姿で、外の通路をお歩きになるのは、ご遠慮願います。当列車をご利用されるお客様には、ホテルに準じたマナーをお願いしております」

「あ——、すみません……っ。でも、急用を思い出しちゃって、少しだけですから」

「いけません」

輪は部屋の外へ出るタイミングを失って、バスローブの長い袖を握り締めた。もう警戒心を隠せなくなった輪へと、バトラーは足音もなく近寄ってくる。

「あなたには、ここにいていただきます。思わぬ人質が手に入りました」

「え……っ？」

「動くな」

突然、敬語をやめたバトラーが、手にしていたカップを輪へ向けた。バシャッ、と放たれた液体が、輪のバスローブや、絨毯《じゅうたん》の床に飛び散る。

鼻を刺激する、強い液体の匂いに、輪は震えた。ベンジンか何か、揮発《きはつ》性の油の匂いだ。

「な…っ、何のつもりですか……っ」

「あなたがいけないんだ。一度ならず二度までも、私の邪魔をしたから。これ以上余計な真似をしたら、今すぐ火を点けるぞ」

「火——?」

黒い制服の上着のポケットから、彼はライターを取り出した。さっきまでの、バトラーの手本のような態度を豹変《ひょうへん》させて、彼は輪を脅している。

「今度はボヤでは済まさない。本物の火災だ。あなたを火元にして、炎はこの客室に燃え広がり、ダイヤモンド・エクスプレスは炎上する」

「まさか…！　あなたなんですか!?　放火をして逃亡した、あの不審者、マスクをして顔は見えなかったけど…っ、あなたが犯人だったんですか！」

「お察しの通りだ。せっかく非常ベルを鳴らせなくしたのに、あなたが通報さえしなければ、乗客は煙に逃げ惑って、この列車はパニックに陥《おちい》っていたはずだ。それが、あっという間に運行再開だと？　ふざけるな」

「いったい何が目的なんです！　パニックなんて、この列車に何の恨みがあるんですか」

「ダイヤモンド・エクスプレスの名を、地に落とすこと。それがひいては、レオン・ネーベルヴァルト閣下の名声を汚すことに繋がる」

「レオンさんの名声？　どうして……っ？」

「あなたは知らないだろうが、あの気品に満ちた伯爵様を、憎く思う人間もいるんだ。貴族は貴族らしく、城に籠っておとなしくしていればいい。デザイナーなどになって、下々の世界に足を踏み入れてくれるな、とね」

「い…意味が分かりません。レオンさんは、名前も地位も関係ない、自分の好きな仕事を選んだだけなのに」

「それが鼻につくと言うんだ。再三の警告を無視して、彼はダイヤモンド・エクスプレスに我が物顔で乗り込んだ。まるで自分を狙ってくれと言わんばかりに、滑稽《こっけい》じゃないか」

くっくっ、と喉で笑うバトラーは、もう輪が知っている、礼儀正しく控えめなバトラーではなかった。

今にもライターの火を点けそうな彼に、輪は力なく首を振る。ローブに染みた液体の匂いで、ひどい眩暈《めまい》を起こしながら、輪は震える声で呟いた。

「あなた、なんですね。レオンさんに悪口の手紙を送ったり、冷蔵車両を停電にして、トラブルを起こしたのは。あなたはずっと、レオンさんとこの列車に、嫌がらせをしていた。レオンさんがどんなに傷付いて、悔しい思いをしていたか。あなたはバトラーとして、レオンさんの近くにいたのに…っ、本当は陰で笑っていたんだ」

「別に、笑ってなど。私は外部の者に雇われただけだ。彼が嫌がらせに屈して、デザイナーを辞めてくれれば、成功報酬が手に入った。ダイヤモンド・エクスプレスが炎上ともなれば、どれほどのボーナスをもらえるか、楽しみで仕方ないね」

あまりの心無い言葉に、輪は全身が総毛立った。お金のために、レオンとこの列車を貶《おとし》めようとしているなんて。バトラーの考えていることは、とうてい理解できない。そして、彼にレオンを傷付けるように命令した、一連の出来事の本当の犯人も。

「あなたを雇った人が、レオンさんをどれほど恨んでいるかは知らないけど、でも、こんなのおかしい。列車のスタッフが、放火をするなんて…、あなたは間違っています」

「おこぼれで乗車した、たかが鉄道ファンの日本人が口を挟むな。貴族たちに混じった気分になって、何か勘違いをしているんじゃないのか？」

バトラーの視線が、輪の胸元へと注がれる。輪よりもずっとサイズの大きいバスローブは、襟の辺りが緩んで、裸の胸元が露になっていた。

「そのように、胸に赤い痕を散らして、汚らわしい。――やはり閣下も、享楽《きょうらく》的な貴族の一員だな。男も女も見境ないと見える」

レオンが輪の胸につけた、花弁のような赤い痕。輪は、はっと襟を掻き合わせて、バトラーの視線から、それを隠した。

「仮初《かりそ》めの愛人でも、人質には使えそうだ。あなたを楯にして、閣下にデザイナーを辞めていただこうか」

「愛人…っ？　レオンさんと僕は、そんなんじゃありません」

「伯爵様が、君なんぞをまともに相手にすると思うのか？　王室の元お召列車という、由緒正しいダイヤモンド・エクスプレスも、今や貴族たちのスキャンダルの場だ。豪華列車とは名ばかりの代物《しろもの》が、このまま燃えて失くなっても、誰も悲しまないだろう」

かちゃりと、ライターの着火部に指を添えて、バトラーはそれを輪の方へと差し向けた。一瞬でも火が点いたら、バスローブごと火だるまになってしまう。でも、恐怖心をこらえて、輪は凶行に走ろうとするバトラーへと言い放った。

「勝手なことを言わないでください！　この列車は、正真正銘の豪華列車だ。あなたのような心無い人に、この列車に乗る資格はありません！」

「何だと――」

「ダイヤモンド・エクスプレスを傷付ける人を、僕は許さない！　レオンさんに謝れ！　この列車に携わった人、みんなに謝れ！」

「やかましい奴だ…っ、列車ごと燃えたくなければ、こっちに来い。人質の役目を果たしてもらおう！」

「嫌です！」

逆上したバトラーは、恐ろしい顔をして、猛然と輪へ摑みかかった。彼は獣のような俊敏《しゅんびん》さで逃げ道を奪い、輪の足を竦ませる。バスローブの裾を撥《は》ね上げて、壁に追い詰められながらも、輪は両手を突っ張って必死に抗った。

（人質になんか、絶対にならない。この列車を守るんだ。レオンさんを、僕が守るんだ！）

バトラーの手元からライターを弾き飛ばそうと、輪は体を丸めて、果敢《かかん》に彼へとぶつかった。彼がよろけた拍子に、自分も絨毯に足を取られて、転げてしまう。

床に落ちたライターを取り合っているうちに、体格に勝るバトラーは輪に馬乗りになって、先に奪ったライターに着火した。

「やめっ……！」

燃える――。目の前に、真っ赤な炎が立ち昇った気がした。でもそれは、輪が見た、燃えるような怒りを纏ったレオンのシルエットだった。

「何をしているんだ、貴様《きさま》！」

リビングに駆け込んで来たレオンは、バトラーの腕を摑み上げ、輪から引き剝《は》がした。抵抗して暴れる彼を、出入り口のドアの方へと容赦なく殴り飛ばす。そこに立っていた警備員たちが、一斉にバトラーを床に組み伏せて、あっという間に制圧した。

「……レオンさん……っ」

「輪！　無事か！　――輪！」

レオンに抱き起こされ、温かい胸の中に包まれて、輪はやっと自分が助かったことを知った。全身から汗が噴き出し、どくっどくっと心音が乱れる。こらえていた恐怖心が蘇ってきて、輪はレオンの胸に顔を埋め、服をきつく握り締めた。

「助けて、くれて、ありがとう。ありがとう、レオンさん」

「輪。輪……っ。もう大丈夫だ」

「くっ…くそっ！　離せ！　お前さえこの列車に乗らなければ、もう少しで報酬が手に入ったのに！」

取り押さえられてもなお毒づくバトラーに、輪は怒りと、言いようのない悲しさを覚えた。彼がしたことは許されない。ダイヤモンド・エクスプレスは、誰も汚してはいけない、唯一無二の豪華列車だから。

「レオンさん、犯人は彼です。放火も、嫌がらせも、全部彼がやったことです」

「分かっている、輪。——とても残念だよ。君はバトラーとして、優秀なスタッフだったのに」

「ふん…っ、その寛容な態度は、あなたが貴族だからか。伯爵の名がなければ、あなたはただの平凡なデザイナーだ。あなたの今の名声は、生まれた家のおかげだということを忘れるな！」

「貴様！　閣下に対して何と無礼な！　おとなしくしろ！」

「その男を外へ。警察に引き渡すまで、厳重に監視するように。二度とこの客室に近付かせるな」

「かしこまりました！」

敬礼をした警備員たちが、後ろ手に拘束したバトラーを、外の通路へと連行していく。彼はまだ何か、レオンに向かって喚《わめ》いていたが、輪の耳には聞こえなかった。

危機を救ってくれたレオンの、壊れたように打ち鳴らす鼓動が、輪を捕らえて離さない。彼を守るつもりだったのに、守られたのは、輪の方だった。

「レオンさんが、駆け付けてくれて、よかった。あの人は、列車を燃やそうとしていて、僕の力では、守り切れなくて……っ」

「君が無事でいてくれただけでいい。不審者の背格好が、彼に似ていたという証言があって、警備の者たちが警戒していたんだ。慌ててここへ戻ってきたら、ドアの向こうから、君と彼の声が聞こえてきた。私は怒りで我を忘れたよ」

「レオンさん、あの人は、レオンさんにデザイナーを辞めさせるために、嫌がらせをしていたんです。お金で、別の誰かに雇われたと言っていました。僕はどうしても、あの人が許せませんでした」

「輪、私も君と同じ気持ちだ。この列車を危険に陥《おとしい》れ、君を襲った彼には、当然の報いを受けてもらう。だが、私が許せないのは、私自身だ。私はこの列車を造ったデザイナーとして、出資者として、全ての責任を負っている。それなのに、彼の愚行を見抜けなかった。悔やんでも悔やみ切れない」

「いいえ、レオンさんは悪くありません。あの人はひどいことを言いました。レオンさんは貴族だから名声を掴んだんじゃない。才能溢れるデザイナーだから、みんながあなたを尊敬し、敬愛しているんです」

「輪……、ありがとう。私がデザイナーでいる限り、彼のように辛辣《しんらつ》な意見を持つ者もいるだろう。だが、私はもう、どんな相手にも屈しない。ネーベルヴァルトの名を背負って、これからもデザイナーを続けていくよ。それが私の誇りだ」

そう言ったレオンの翡翠色の瞳は、凛《りん》とした光をたたえていた。まだ輪がこの列車に乗ったばかりの頃、貴族である故に正当な評価が受けられないと言っていた彼。あの時の彼よりも、今輪の目の前にいるレオンは、強く逞しく見える。

「あらゆる悪意から、このダイヤモンド・エクスプレスを守るのは、私の役目だ。君には二度と怖い思いはさせない。彼のような者の前に立ちはだかり、私が楯になろう」

「あなたを一人には、させません……っ。僕だって、この列車を守りたい。この列車は、レオンさんの誇りそのものだから。レオンさんが造ったダイヤモンド・エクスプレスは、これからもたくさんの人々を乗せて、走り続けなきゃいけないんです」

「輪」

「僕にとっては、ずっと憧れていた、何よりも大切な列車です。鉄道オタクの僕が、神様だと思っていたレオンさんに出会えた、夢の豪華列車なんです」

「——輪、もう何も言うな。君の気持ちは、もう分かった。お願いだから、これ以上私を、君でいっぱいにしないでくれ」

輪を強く抱き寄せて、耳元にレオンは吐息した。熱く戦慄《わなな》くようなそれが、輪の心臓をも揺さぶって、泣き出したいほど心が震えた。

「レオンさん」

「君への想いが、溢れて止まらない。こんなにも強く魅かれたのは初めてで、君にまだ、はっきりとは告げられずにいた。これは恋だ。輪。私は君のことを、誰よりも、愛している」

「……愛……」

「跪《ひざまず》いて君を乞う。同じ想いで、私を愛してほしい。輪のことが好きだ。君と出会ってから、私の心はずっと、君で満ちている」

「レオン、さん。僕も……っ、僕も、あなたのことで、いっぱいです。僕はあなたに恋をしています。あなたと、同じ気持ちです」

レオンに恋をしていると、自分の気持ちを知ったその時に、輪は失恋をした。何者でもない自分が、彼のことを好きになってはいけないと思っていた。でも、止まらなかった。地位も立場も、何もかも越えて、恋しいという気持ちに嘘はつけない。

「輪、嬉しくて眩暈がしそうだ。私の恋人になってくれるのか」

「――はい。僕は、レオンさんのことが、大好きです」

「輪……」

掠れる声で、名前を囁いた唇が、輪の唇を柔らかく塞いだ。髪に梳き入れられた指先にまで、いとおしいと、レオンの想いが溢れている。彼の体にしがみ付いて、触れたくて触れたくて仕方ない想いを、輪はキスに預けた。

何度もレオンとキスをしたのに、恋人になって初めて触れた唇は、どこか神聖で、儚げだった。ずっと触れていないと、レオンがいなくなってしまいそうで、輪は自分から歯列を解いて、恭《うやうや》しく彼の舌を迎え入れた。

「ん……、……んん……、ふ……っ」

舌と舌を触れ合わせ、互いの想いを確かめ合うように、熱を交換する。二人の間で温度を増したそれを、飲み込み合い、また交換して、蕩《とろ》けるまで舌を絡めた。

「……んぅ……っ、は…っ」

「輪、君が好きだ。ああ……もっと、君に触れさせてくれ」

「レオンさん——僕も、好きです、んく……っ、ん、んんっ」

キスとキスの、僅《わず》かな狭間《はざま》にも、恋を告げずにはいられない。息継ぎよりも、レオンの熱が欲しくて、輪は懸命に舌を動かした。

輪の口中で、くちゅりと鳴った水音が、だんだんと淫らな音色に変わっていく。口角から零れ出た透明な雫《しずく》を、レオンの舌先が扇情的《せんじょうてき》に舐め取った。

「ベッドへ行こう、輪。君が欲しい」

「待っ、て……ください、胸に、何かかけられて、汚れてしまって」

「——ああ、確かに、君でない匂いがする。バスルームで綺麗に洗ってあげよう。どこもかしこも、まだ私が触れていない、君の全てをね」

「は…っ、恥ずかしい、です、レオンさん」

「何もしないうちから、頬を染めないでくれ。シャイな君がたまらなくかわいい」

赤い頬を、ちゅ、といたずらのように啄《ついば》んでから、レオンは輪を抱き起こした。

リビングから、二人で手を繋いでバスルームへと歩く。レオンの手首に、見覚えのある腕時計があることに気付いて、輪は瞳を丸くした。

「レオンさん、この時計、ポーカーで僕が負けた代わりに、取られたものじゃ……」

「ああ。さっき返してもらったんだ。不審者を目撃したのは、カジノで君を騙した相手だったろう。足を挫いて動けないところを助けてもらったと、彼は感謝していたよ。改めて君に詫びたいとも言っていた」

「あの人が、そんなことを」

「輪、やっぱり君は守護天使だ。白煙の中で乗客を守り、私の腕時計も、こうして戻ってきた。素晴らしい恋人を持てて、私は幸せ者だよ」

繋いだ手を口元まで持ち上げて、レオンはそこにキスをした。天使だなんて、おこがましい。でも、レオンが心からそう言ってくれたから、背中に羽が生えてきそうな気がする。

「幸せ者は、僕の方です、レオンさん」

恋人の手を、ぎゅっと握り返して、輪はバスルームのドアを開けた。白い大理石の洗面台が、水で濡れている。ほんの少し前に、ここで一人で顔を洗って、火照る体と恋心を持て余していたのが、嘘みたいだ。

レオンは輪のバスローブを脱がせると、自分も腕時計を外して、服を脱いだ。裸の彼を見るのは初めてで、しなやかに纏った彫刻のような筋肉に、思わず目を奪われてしまう。

（麗《うるわ》しい、って、男の人にも、使える言葉なんだ）

温かなオレンジ色の明かりの下、シャワーの水滴が、レオンの傷一つない肌を滑り落ちる。とくん、とくん、と胸を騒がせていた輪に、レオンは小さく微笑んで、掌で泡立たせたボディソープのシャボン玉を、ふう、と吹いた。

「おいで」

「……はい……」

シャボン玉が消えてしまうよりも早く、レオンのそばへと抱き寄せられて、輪も雨のようなシャワーを浴びる。優しいそれに濡らされながら、背中を泡だらけの手で撫でられて、甘い溜息を零した。

「ああ――」

「くすぐったい？」

「ううん。とても、気持ちいいです」

「こんな風に恋人に洗ってもらったことは？　君は魅力的な人だから、私に嫉妬《しっと》をさせる人物がいたとしても、叱らないよ」

ふるふると首を振って、輪はレオンの質問に答えた。晩生《おくて》な輪は、誰かと二人で、一緒にシャワーを浴びることさえ初めてだ。

「僕は、ずっと鉄道に夢中だったから、恋人はいませんでした。……全部、レオンさんが、初めてです」

「そうだったのか。手付かずの果実だった君は、私との出会いを待っていてくれたんだね」

「は…い……」

魅力の塊のような人が、輪の瞳を覗き込んで、睦言《むつごと》を囁く。レオンの眼差しに蕩けてしまいそうになって、輪は睫毛《まつげ》を瞬かせた。

「きっと、僕は、レオンさんに出会うために、あの日パリに降り立ったんだと思います」

運命という言葉を信じるなら、レオンとの出会いは、そうだったに違いない。彼に魅かれて、好きになったのも、輪には必然的なことだった。

「僕も、レオンさんを洗ってあげたい。上手にできるか、分からないけど」

「洗いっこをしよう。もっと私に寄り添って」

嬉しそうに囁くと、レオンは密着した二人の胸の間に、とろりとボディソープを垂らした。シャワーと混ざり、体温で溶けたそれを、胸と胸で擦って洗い合う。すると、輪の乳首がたちまち尖って、つん、とレオンの肌を押し上げた。

「ん…っ、ふ」

花の香りのソープが、痛いくらいに充血したそこを、なめらかに包み込む。胸をくっ付け合うと、気持ちがよくてたまらなくて、輪は乳首で何度も泡を引っ掻いた。

「かわいらしいことをする。私にそんな姿を見せたら、もう歯止めは利かないよ」

「レオンさん――」

「君を愛している」

まっすぐなレオンの想いに、輪は胸の奥をいっぱいにしながら、僕も、と囁いた。どちらからともなく唇を重ねて、すぐさま舌を求め合う、恋人のキスをする。

レオンの手が、輪の後ろで優しい円を描きながら、肩甲骨《けんこうこつ》の下を滑っていく。指を立ててそうされると、途端に肌が粟立《あわだ》って、輪はレオンの腕の中で身悶《みもだ》えた。

「……ん……っ、う、んん……っ」

つう、と背骨を伝い下りた指先が、尾骨を掠めて、なだらかな双丘へと辿り着く。泡の助けを借りて、丸いその狭間へと滑り込んできた指に、輪は驚いてキスを解いた。

「あ……っ、レオンさん、そこは――」

「じっとして。君の体の隅々まで、私に触れさせてほしい」

「でも、恥ずかしい…。そんなところを、レオンさんが、……あっ、んう…っ……」

自分で触れるのも恥ずかしい、奥まった場所に、くちゅ、と泡を送り込む音がする。固く窄まったそこを、レオンに指の腹で撫でられて、輪は体じゅうを震わせた。

「ひあ……っ」

くちっ、ちゅくっ、レオンが不埒《ふらち》に指を動かすたび、新たな泡が立っては消える。未知の感覚に怯えていた窄まりを、羞恥と綯《な》い交ぜになった熱い感覚が襲って、輪はいっそうレオンにしがみ付いた。

「あ……ああ……っ、変、です、熱い……っ」

「ここは、君と私が一つになって、溶け合う場所だ。もっと奥まで、熱くしてあげよう」

「え…？　レオンさ…、んあぁ……っ、や——」

ぐちゅん、とひときわいやらしい音がして、輪は短い悲鳴を上げた。窄まりの襞《ひだ》を掻き分けて、誰も踏み入ったことのない隘路《あいろ》の中へと、レオンの指が進んでくる。

ごつごつした男らしい関節に、粘膜の壁を擦られて、輪は呼吸を乱した。予期しない異物を押し戻そうとして、輪の内側が蠕動《ぜんどう》する。戦慄くそこを、レオンはゆっくりと押し拡げながら、さらに奥へと指を埋めた。

「ああ……っ！」

「輪。——輪。いとおしい君。私に委ねて、何も怖がらなくていい」

「……レオンさん……、僕……、どうしたら」

「そのまましがみ付いて、私にキスを。いっときも君に触れずにはいられない」

レオンの囁きが終わらないうちに、輪は噛み付くようなキスをして、彼の口中へと舌を忍ばせた。夢中で舌と舌を絡め、歯列や頬の裏にもキスを続けていると、輪の体内のレオンの指が、同じ動きをする。くちくちと舌先で上顎をなぞる輪に、レオンは、指先で粘膜を擦って応えた。

「んっ、んぅっ、く……っ」

異物感はいつしか消え、輪の内側が、レオンの愛撫に溶け始めている。ずちゅっ、ずちゅっ、と、間歇的《かんけつ》に指を出し入れされて、キスが続けられない。どうしてこんな、恥ずかしい場所が感じるんだろう。輪の唇から、止めどない嬌声《きょうせい》が零れ出す。

「は、あ…っ、あぁ、ん……っ、やあ…っ……、んぁ……っ」

「甘い声だ。輪、もっと聞かせて」

「ああ……、ふ、あ、ああっ……っ、声が——止まらない…っ」

「感じているんだよ。君のここが、私の指を千切《ちぎ》れそうなほど締め付けている」

「そんなこと、言わないでください……。あぅ…っ、んっ、ん…っ、あ——」

レオンの指先が、うねった粘膜の奥を擦り上げたその時、輪の目の前は真っ白になった。体内が激しく痙攣して、がくがくと腰が揺れる。レオンの指を食い締めながら、輪は声を途切れさせて、落下していくような感覚を味わった。

「や…、いく……っ、何…っ、駄目、これ、だめ……っ、いく、う……っ！」

快楽の熱い渦《うず》に、ひといきに呑み込まれて、輪はレオンにしがみ付いたまま弾けた。抑える間もなく放った精が、レオンの肌を濡らし、バスルームの床へと散っていく。

「……ん……、んぅ……っ、ああ……」

何が起こったのか分からない。輪の視界は真っ白なまま、強い放埒《ほうらつ》の余韻だけが残って、立っていられなかった。ずるりと体内から指が引き抜かれて、また声を乱す。

「はぁ…っ、あん、んん……っ」

がくん、がくん、と膝から崩れ落ちていく輪を、レオンは片腕で抱き留めて、こめかみにキスをした。まるでご褒美《ほうび》のように、何度も啄んだキスの上を、少し温めにしたシャワーが流れていく。でも、輪の体は熱いまま、少しも火照りが収まらない。

泡と汗と、白く残った欲情の痕を、レオンは優しく洗い落として、輪をバスルームの外へと促した。頭から足まで、ふかふかの大きなバスタオルに包まれて、寝室のベッドの縁にそっと座らされる。

「大丈夫か、輪」

「――はい。まだ、少しふわふわするけど、平気、です」

「いい子だ。冷たいものを持って来るから、待っておいで」

レオンは、まだ水滴の残る肌をバスローブで覆って、リビングの方へと消えた。

熱いままの体が、のぼせてしまったからなのか、快楽が引かないせいなのか、輪には分からなかった。バスタオルに隠された、さっき達したばかりの中心が、硬く熱を集めている。

「――輪、水でいいかい?」

「はい……」

寝室に戻ってきたレオンは、ボトルの水を口に含むと、輪にキスでそれを与えた。渇いた喉を、炭酸の混じった水が潤していく。こくん、と喉を鳴らして、おかわりをねだる輪に、レオンはもう一度口移しをしてから、ベッドの足元へ跪いた。

「君の唇が熱くて、水がすぐに温まってしまう。氷も持って来ればよかった」

ちゅ、ちゅ、と輪の唇に小さなキスを繰り返しながら、レオンがバスタオルを剝《は》いでいく。火照りの取れない肌に、冷たい瓶のボトルをあてられて、輪はびくん、と体を跳ねさせた。

瓶底の縁で、鎖骨から胸、そして乳首を弾き、レオンのいたずらな軌跡は、輪の下腹部へと辿っていく。このままだと、ずきずきと熱く疼《うず》く、屹立にも到達してしまう。

「だ、駄目――、いじめないで、ください」

輪が屹立を両手で隠すと、レオンは水を飲み干して、空になったボトルを床へと転がした。ころころと絨毯の上を遠ざかるそれに、気を取られた一瞬に、輪の膝が大きく割り開かれる。

「レオンさん……っ?」

バスローブを纏った彼の体が、膝の間に入り込み、輪の自由を奪った。屹立を隠している両手に、不意にレオンの吐息がかかる。ちゅく、と指を食まれて、輪は慌てた。

「……え……っ、待って、レオンさん、どうして……っ」

「私を阻《はば》む悪い指だ。齧《かじ》って食べてしまうよ」

「や――」

「隠そうとしても無駄だ。指の隙間から、私に触れてほしいと、猛った君が顔を出している」

レオンの舌先が、輪の指を擦り抜けて、燃えるような熱い屹立をなぞる。あまりにも淫らな愛撫に、輪は涙目になって、大きく首を振った。

「やめてください…っ。は…っ、離して、レオンさん、駄目……っ」

「君に悦《よろこ》んでもらいたい。恋人の行為に、いけないことなど何もないよ」

「でも…っ、あなたは、伯爵、貴族の中の、貴族なのに……っ」

「違うよ、輪。君を愛する、一人の男だ」

情熱的に舌を動かしながら、レオンはいっそう深く、輪の下腹部に顔を埋めてきた。

恥ずかしさと罪悪感で、涙がいっぱい溢れてくるのに、逃げられない。力の入らなくなった輪の両手を、レオンは唇でどかせて、屹立を何の躊躇《ためら》いもなく口中へと含んだ。

「ああ……っ！　あ――！」

柔らかな舌が纏い付く、生まれて初めての口淫に、あられもない声を上げる。根元から裏筋を舐め上げられ、先端をつぷりと舌で栓をされて、輪はまた、視界を白くした。

いつも甘い言葉をくれるレオンの唇を、輪が犯している。高貴な伯爵の舌の上で、秒間もなく達してしまいそうな屹立が跳ねている。

「レオンさん、もう……、もう、やめて、変になるから、しないで」

輪はレオンの髪をぐしゃぐしゃにして、彼を押しのけようと抗った。でも、屹立を音を立てて吸われて、抗う意思をも奪い取られる。

「ふ…っ、うぅ……っ、あ、ん…っ、ああ……っ！」

のけ反らせた体を、輪はベッドに深く沈ませて、止めてくれない口淫に咽《むせ》んだ。膝の裏側を持ち上げられ、足を開いたはしたない格好を曝《さら》しながら、爪先で宙を蹴る。

「レオンさん……っ、はっ、は、あ…っ、んく……っ、んっ」

ベッドの中央へと導かれた輪は、両手で寝具を握り締めて、荒い呼吸を繰り返した。熟れて溶け崩れる果実のように、体じゅうが快楽に溺《おぼ》れていく。レオンの舌が、じゅぷっ、と屹立に巻き付いてきて、喉の奥へと促した。

「あぁあ……っ、いい……、気持ちいい……、いいよぅ……っ」

無意識に腰を突き上げ、膝を震わせて、輪は啼《な》いた。寝具を皺《しわ》くちゃにしながら、快楽のままに乱れる姿を、レオンが上目遣いに見つめている。彼の瞳はうっとりと細められ、頬も上気して、恋人の痴態《ちたい》に見入っていた。

「輪――。素敵だよ。君を見ていると、どんなことでもしてあげたくなる」

微かに笑みを浮かべたレオンの口元から、濡れそぼった屹立が解放される。ひんやりとした寝室の空気を浴びながら、輪の先端に溢れてきた露が、脈動する付け根の方へと伝い下りていく。

「……あ……っ、はっ……っ」

溢れ続ける露は、輪の足の間を過ぎて、双丘の奥の窄まりをも濡らしていた。バスルームでたくさん愛されたそこが、ひくひくと蠢《うごめ》いている。体の中を蕩かした、レオンの指の感触を蘇《よみがえ》らせて、輪は劣情を覚えた。

もう一度、レオンを直に感じたい。もっと熱く、もっと深い場所で、彼を感じたい。切ないほどの衝動に駆られて、輪は握り締めていた寝具を離し、レオンへと両手を伸ばした。

「――レオンさん――」

彼の髪を撫で、頰を包んで、口淫で汚した唇を指で拭う。どんな言葉で伝えればいいだろう。あなたが欲しい、と、声にすることができなくて、輪は喉を喘がせた。

「……好き……、好きです……っ」

告げられたのは、その言葉だけだった。レオンのことが、欲しくて欲しくて、輪の視界がまた涙で霞んでいく。

「先に言わないでくれ。輪」

小さな声で名前を呼ぶと、レオンは逞しい体を起こして、バスローブを脱ぎ捨てた。確かな欲望を宿した彼の中心が、輪の視界の端に映り込む。どきん、どきん、と胸を打ち鳴らす輪を、腕の中に包み込むようにしながら、レオンは静かに覆い被さった。

「私と一つになろう」

「レオンさ……ん」

「今一度、君を乞う。輪のことを愛している。私の恋人になってくれ」

す、と輪の額にキスをして、レオンは輪を見つめた。厳粛な光を持つその瞳に、輪は吸い寄せられるようにして、レオンの首に両腕を回した。

「なります――。あなただけの、恋人にしてください」

「輪。ああ、誰にも君を渡すものか」

「……嬉しい…っ。レオンさん、レオンさん……っ」

輪の声が、くるおしいキスに奪われていく。濡れて待ち侘びていた輪の窄まりに、レオンは燃えるように熱い自身を押し当てた。

唇と唇で想いを確かめ合いながら、一つになっていく。輪を穿《うが》つ、鈍《にぶ》い痛みと、それを忘れさせる幸せな気持ち。輪を欲して、レオンの切っ先が窄まりを貫いていく。

「んう……っ、ひ、ぁ…、あああ……っ」

「輪――」

灼熱《しゃくねつ》のそれを受け止めて、輪の隘路が、極まったように戦慄いた。レオンと繋がった場所から、体温が上昇し始めて、キスを続けていられない。

がくん、と砕けた腰を抱かれ、奥の方まで彼でいっぱいにされる。指では届かなかった場所に、レオンの熱を感じて、輪は息苦しいのに、嬉しくてたまらなかった。

「……レオンさん、が、僕の、中に。夢みたい」

亜麻色《あまいろ》の髪に隠れた耳元で、吐息混じりにそう呟く。すると、輪の中で、レオンは俄《にわか》に大きさを増した。

「あ…っ、や――」

「君のせいだよ。君がいとおしくて仕方ないから、私はもう、紳士にもナイトにも戻れない」

「ううん……っ」

どちらにも、戻らなくていい。こうして一つになれる、恋人がいい。貪欲な想いを、きゅう、と彼を締め付けて伝える。輪の精一杯の催促に、レオンは緩やかな律動で応えてくれた。

「あ……っ、ん、…あ…ぁ……、あっ、あっ」

ぐっ、ぐっ、と腰を揺らめかせ、レオンは際限なく大きくなる屹立で、輪の内側を突いてくる。はじめは小さかった律動が、腰と腰をぶつけ合う、激しいものになるまで、あまり時間は必要なかった。擦り上げられた粘膜の震えが、レオンの熱と同化して、快楽へと変わる。彼の指で達した時のように、一番感じるところを突かれると、輪は髪を乱して、自分も腰を振り立てた。

「ああっ、い……、いい……っ、そこ…っ、おかしくなる……っ」

その場所を切っ先で抉《えぐ》ったまま、ずちゅう、と腰を回されて、輪は理性を失った。気持ちいい。もっと、もっとしてほしい。赤く色付いた輪の唇から、うわ言のような声が溢れ出す。

「好き――、好き、ぃ……っ、もっと……、感じたい。レオンさんを」

体がばらばらになるような、強い快楽の虜になって、夢中でレオンを求める。寝具に埋もれて、揉みくちゃになっていた輪の体が、ふ、と宙へと浮き上がった。

「おいで。輪。私の全てを捧げる」

「あぁ……っ、レオンさん――」

レオンと繋がったまま、彼の膝の上へと迎えられて、輪は惑溺《わくでき》した。自分の重みで、もうそれ以上はいけないところまで、屹立を呑み込む。体の奥に、感じる場所をいくつも増やしながら、絶え間なく突き上げてくるレオンの律動に、輪は身を任せた。

「…あっ、ああっ、あ、んっ、んっ、あああ…っ！」

恋人をけして離さないと、縋りつく輪を、レオンの二本の腕がきつく抱き締める。声も息も、鼓動も混じり合い、隙間なく寄り添った二人の間で、輪の中心も弾けそうになっていた。

汗で濡れたレオンの腹に、自分の屹立を擦らせて、輪は瞼を閉じる。激しい律動とともに込み上げてきた、欲望のうねりを、輪はレオンへ預けた。

「は……っ、あ…っ……、レオンさん、もう、……もう、いきたい……っ、いく……っ」

「ああ、輪、一緒にいこう。――どこまでも、君と二人だ」

「はい……、レオンさん……っ」

レオンの言葉が、絶頂へと誘う睦言なのか、二人で続けてきた旅を意味するものなのか、本当のことはもう分からなかった。

レオンの膝の上で、がくがくと揺さぶられながら、輪は忘我《ぼうが》の一瞬へと駆け登った。瞼の奥に

光が弾け、欲望が迸《ほとばし》る。跳ね上がった屹立の先端から、どくんっ、と白い蜜を放ち、輪は体じゅうを震わせた。

「いく——、あっ、……あぁ…っ、あああ……っ」

本能のように、レオンを食い締めた隘路の奥で、熱いものが放たれている。自分の身を焦がすような、恋人のそれを、輪は薄れていく意識のどこかで、尊《とうと》く思った。

とても長かった旅の一夜が、ようやく明けようとしている。白み始めた車窓の外に、輪は気付くこともなく、優しく髪を撫でるレオンの胸で、深い眠りに落ちていった。

●

『——ヨーロッパ各地を巡る、ダイヤモンド・エクスプレスは、黒海を望むリゾート地、コンスタンツァを終着駅としている。観光、食、リラクゼーション、ラグジュアリー感、旅行者の希望する全ての面を、豪華列車はカバーしている。豪華列車はとりわけ、クオリティが求められる新婚旅行のクライアントに対して、有効な旅程をプレゼンテーションできるのではないだろうか』

パソコンのキーボードを叩いていた手を止めて、ふう、と輪は息をついた。ダイヤモンド・エクスプレスに乗車してから、毎日書き続けてきたレポートも、ついに最終章だ。この列車は間もなく、終着駅へと辿り着く。

「もうコンスタンツァの街が見えてきた。輪、そろそろ下車の支度をした方がいい」

「あ、はいっ。……何だか、あっという間でしたね。パリを出発した時は、どきどきして興奮ばかりしていたのに、今はとても寂しいです」

パソコンの電源を落とした輪は、それをバッグに仕舞いながら、景色の流れる車窓へと目をやった。

あわや火災事故かと思われた、ボヤ騒ぎのあった夜から、丸二日が経った。途中のブカレスト駅で、警察に引き渡されたバトラーは、もう逃げられないと諦めたのか、自分を雇った真の犯人をあっさりと白状した。

レオンとダイヤモンド・エクスプレスに嫌がらせをしろと命じたのは、彼とライバル関係にあったトレイン・デザイナーらしい。警察の説明によると、ダイヤモンド・エクスプレスのデザインを争って、レオンに選考会で負けたことを逆恨みしたようだ。レオンの名声を落とそうと企《たくら》んだそのデザイナーも、警察に拘束されて、今取り調べを受けている。嫌がらせの犯人が捕まったことで、運行の休止は見直されて、この列車は今後も走り続けられると、マネージャーやスタッフたちが喜んでいた。

自分の欲求を満たすためだけに、罪を犯した人たちを、輪は許す気持ちにはなれない。でも、レオンとダイヤモンド・エクスプレスを守ることができて、本当によかった。レオンと二人で、終着駅まで旅ができたことが、輪は何よりも誇らしかった。

「わあ…、向こうに黒海が見えますよ、レオンさん。この旅で海を見るのは、初めてですね」

「ああ、そうだね」

「最後の最後まで、ダイヤモンド・エクスプレスの旅は、僕には新しい発見の連続でした。レオンさん、僕をこの列車に乗せてくださって、本当にありがとうございました。怖いこともあったけど、とても楽しい旅でした」

「輪、お礼を言いたいのは私の方だ。君と出会って、私はいっそうダイヤモンド・エクスプレスが好きになったよ。君が愛してくれるこの列車を、今よりももっと素晴らしい列車にしたい。オフィスに戻ったら、早速改善点を纏めて、君のようにレポートを書こうと思っている」

「レオンさんがレポートを？」

「ああ。豪華列車と名のつく列車は、まず安全でなければならない。今回のような嫌がらせの被害や、火災を、二度と繰り返してはいけないんだ。そのために何ができるか、私なりに研究したい。君に誓うよ。この列車のスタッフと、技術者たちも交えて、ダイヤモンド・エクスプレスを真の豪華列車にしてみせる」

レオンの力強い言葉に、輪は笑顔で頷いた。彼はきっと、今よりも進化したダイヤモンド・エクスプレスを生み出す。その列車に乗って、また旅がしたい。立派な彼の隣で、いつまでも一緒に歩んでいけるように、自分も成長したいと輪は思った。

「レオンさん。僕は旅行プランナーとしてヨーロッパに来て、この列車に出会いました。レオンさんと過ごしたこの旅を、僕は一生忘れません。日本に帰ったら、お客様にも、僕と同じように思っていただける旅行プランを立てたいと思います」

「勉強熱心で、真摯《しんし》なプランナーの君なら、きっとできる。私も君が提案する旅を楽しみたい」

「ありがとうございます。がんばります」

レオンが差し出してきた右手を、輪はぎゅっと握り返した。

「終着駅はもうすぐだが、君と私は、この先何度でも一緒に旅ができる。近いうちに、私は日本へ赴《おもむ》くつもりだ。世界一安全な高速鉄道を学びに、君に会いに行くよ」

「はいっ。今度は東京駅の新幹線ホームで、レオンさんのことを、待っていますね」

微笑んだ輪を、レオンはそっと抱き寄せた。キスを交わす恋人たちのシルエットを、車窓に映しながら、列車は少しずつスピードを落としていく。

黒海のほとり、コンスタンツァの駅舎に入ったダイヤモンド・エクスプレスは、到着を知らせるベルに迎えられて、十日間の旅を終えた。

「ご乗車ありがとうございました、ネーベルヴァルト閣下、リン様。またのご利用を心よりお待ちしております」

マネージャーやスタッフたちが、特等客室の前の通路にずらりと並んで、二人を敬礼で送り出す。本当はいつまでも、この夢の列車に乗っていたい。甘く切ない思いを抱いたまま、輪は駅のホームに降り立った。

「――兄様。レオン兄様！」

乗客と出迎えの人々で溢れるホームから、少し離れたところで、レオンに手を振っている女性がいる。彼と同じ亜麻色の髪をした、モデルのような美女だ。そばには人のよさそうな笑顔を浮かべた、スーツ姿の男性が寄り添っている。

「妹のエマと、婚約者のアレックスだ。ホテルで待ち切れなくて、私たちを迎えに来てくれたらしい」

妹に手を振り返して、レオンはもう片方の手を、輪の肩に回した。

この街で開かれるエマとアレックスの結婚式に、輪は正式な招待を受けた。列車で起きた事件を知った二人が、レオンを守った輪に、お礼がしたいと言ってくれたのだ。でも、輪の休暇は残り少なく、明日にはもう飛行機に乗って、日本に戻らなくてはならない。結婚式は辞退したものの、今夜レオンが開く内輪の夕食会に誘われて、輪はそこに出席することにした。

レオンと離れ、日常に戻っていくのが、寂しくない訳じゃない。でも、また会える。また彼と旅をする。次にレオンと会う時に、笑顔でいられるように、遠い日本で自分の仕事をがんばろう。

「さあ、妹たちを祝福しに行こう。君と会うことを、二人も楽しみにしていた。私の家族を改めて紹介するよ」

「はい。エマさん、ウェディングドレスがすごく似合いそう。やっぱり結婚式は、レオンさんは号泣してしまいそうですね」

「泣いても平気でいられるように、君に予行演習をしてもらったんだ。妹たちの結婚式が終わったら、今度は私たちの番だね、輪」

「え…っ？」

「君に贈る指輪を探しておこう。左手の薬指は、私だけのものだよ」

「レオンさん」

あっという間に赤くなった頬と、どきどき鳴り響く胸。レオンは微笑みを浮かべながら、輪の髪をくしゃくしゃと撫でた。

レオンと二人で、ゆっくりと歩き出した輪を、ホームに停車したダイヤモンド・エクスプレスが見送っている。最上の恋人との出会いをくれた、美しい藍色の列車を見上げて、輪は旅の間に何度も目にした、鉄道マンの敬礼をした。

——ありがとう、僕の憧れのダイヤモンド・エクスプレス。また、いつか。

END

伯爵との秘密の休日

窓から黒海を望む、瀟洒《しょうしゃ》なリゾートホテルの一室で、眠れない夜を過ごした恋人たちは、ひそやかに言葉を交わし合った。

「輪《りん》。朝が来てしまうことを、私はこんなに残念に思ったことはない」

「僕もです。レオンさん。レオンさんに出会った日に、時間を巻き戻せたらいいのに」

パリを発った豪華列車の旅を終えた、別れの日の朝。恋人の腕の中に包まれて、輪は静かに瞳を閉じた。

「輪……、君にずっと触れていたい。忘れないでくれ。私の心は、いつでも君のそばにある」

「レオンさん、僕の心も、レオンさんのそばに置いていきます。ずっと離さないで」

「ああ。次に会う時まで、大切に胸に抱いているよ」

優しく囁いた唇が、輪の唇に柔らかく触れる。出会ってから今日まで、いったい何度キスを交わしただろう。これが最後のキスだなんて思いたくない。僅《わず》か十日間ほどの、短い旅で生まれた恋は、永遠なのだから。

「日本に帰っても、レオンさんのことを想っています」

「輪、同じ言葉を、君に贈ろう。私たちは遠く離れていても恋人だ。君を愛しているよ」

もう一度、キスを奪っていく唇に、輪は恋心を預けた。さよなら、とは二人とも言わない。また会おう、と約束をして、輪はそれから数時間後に、成田《なりた》空港へ向かう機上の人となった。

◇

奇跡なんて、人生のうちにそう何度もあるものじゃない。東京の旅行代理店に勤めている旅行プランナー、七尾《ななお》輪の最大の奇跡は、列車の旅の勉強をしに赴《おもむ》いたヨーロッパで、世界一の豪華列車ダイヤモンド・エクスプレスに乗ったことだった。

上流貴族やセレブしか乗れないその列車で、旅をすることができたのは、鉄道オタクの輪にとって神様に等しい人との出会いがあったからだ。ダイヤモンド・エクスプレスを造った、高名なトレイン・デザイナー、レオン・ネーベルヴァルト氏。由緒正しい伯爵家の当主でもあるレオンと、輪は今、遠距離恋愛をしている。

輪が日本へ帰国してから、一ヶ月近くが経った、十二月のはじめ。街がクリスマス商戦で活気づくその日、輪は忙しく働く同僚たちに混じって、カウンター業務に勤《いそ》しんでいた。

「それではお客様、ご予約いただいたツアーの確認をさせていただきます。『グレイス・ハネムーンアメリカ横断コース』、四月十日、成田空港ご出発、七泊八日のご予定でよろしいでしょうか？」

新宿《しんじゅく》駅にほど近いビルにある、旅行代理店の営業所は、今日もたくさんのお客様で賑《にぎ》わっている。来年の四月の挙式を控えて、新婚旅行のツアーを申し込んでくれたカップルは、カウンターの向こうで幸せそうに頷《うなず》いた。

「はい。あのう、ニューヨークで宿泊するホテルを、ワンランク上げたいんですけど、変更はできますか?」

「あ、はい、可能ですよ。当社の提携ホテルでしたら、グレードアップのみの料金で、変更手数料はかかりません。すぐにリストをお出ししますので、少々お待ちください」

カウンター下のデスクを探って、輪はアメリカ東海岸のホテルリストを取り出した。一生に一度の新婚旅行に、そのお客様は五つ星の有名ホテルを選んだ。

「ありがとうございました。後ほど詳しいパンフレットを郵送させていただきますね」

折り目正しく礼をして、お客様を店先の自動ドアまで見送る。カウンター業務は少し緊張するけれど、プランナーが知恵を絞って立てた旅行プランを、直接お客様に届けられる大事な仕事だ。

次々に来店するお客様を相手に業務をこなし、昼の休憩時間に入った輪は、ランチを摂《と》ろうとカウンターの奥のバックヤードへと引っ込んだ。

「七尾、ちょうどよかった。ちょっと」

「はい?」

この営業所の所長が、応接室として使っている小部屋に、輪を呼んだ。仕事には厳しいけれど、普段から社員みんなをかわいがってくれる、とてもいい上司だ。

「七尾がこの前提出してくれた、『ヨーロッパ豪華列車の旅』プラン、いい出来だったぞ。定番のフランスやドイツのツアーに、各国自慢の豪華列車を加えて、とても高級感のあるプランに仕上がっていた」

「あ…っ、ありがとうございます！　ヨーロッパの鉄道網は充実しているので、それをたくさんのお客様に知っていただきたくて」

「本社の企画会議でも、お前のプランは評価が高くてな。有名なダイヤモンド・エクスプレスのレポートもよく纏《まと》められていたし、お前のその、何だ、鉄道オタクは才能豊かだ。馬鹿にはできないな」

褒められているのか、けなされているのか、よく分からないことを所長に言われて、輪は笑った。地味を自称する鉄道オタクでも、厳しい上司に認められるのは、とても嬉しい。

ダイヤモンド・エクスプレスの旅を綴《つづ》ったレポートを、輪は帰国してから開かれた会議で、緊張しながら発表した。所長もプランナーの同僚たちも、レポートの内容をとても褒めてくれて、具体的な旅行プランを立てろと勧められた。それが『ヨーロッパ豪華列車の旅』プランだ。

「オタクの七尾に、いいニュースがある。先日、全営業所の顧客アンケートで、海外旅行を希望するシニア世代に、鉄道が人気だという結果が出たんだ。シニアで海外と言えば、これまでは豪華客船クルーズが主流だったろう？」

「はい。うちの新宿東営業所のパックツアーの成約数でも、飛び抜けて人気ですよね」

「そのシニア層の需要に本社が目をつけて、クルーズと鉄道、二本柱のフルムーン企画を立てることになったんだ」

「フルムーン――」

「コンセプトは銀婚式や金婚式の記念に、長年連れ添ったご夫婦が海外旅行をする、言ってみれば第二のハネムーンだ。この企画に七尾、お前のプランを採用すると、本社から連絡があったぞ」

「え……っ、僕の、『ヨーロッパ豪華列車の旅』が、ですか？」

「ああ。本社としては、大々的なキャンペーンを組んでこの企画を売り出す予定らしい。よかったな、七尾。今までの地道な働きぶりが、やっと実を結んだ。努力してきた甲斐《かい》があったな」

突然のことに、呆然《ぼうぜん》としている輪の肩を叩いて、所長が労《ねぎら》ってくれる。どきん、どきん、と胸が騒ぎ出すのを、輪は止めようもなかった。

「ありがとうございます…っ。自分のプランを採用してもらえて、とても、とても光栄です」

興奮してうまく口が回らなくて、声が上擦《うわず》ってしまう。輪がずっと思い描いてきた、豪華列車を使った旅。自分が立てた旅行プランが、まさか本社の企画に採用されるなんて、輪は思ってもみなかった。

「今後はお前も、本社の企画会議に参加することになるからな。いい機会だ。しっかりプランナーの腕を磨《みが》け。期待してるぞ」

「は、はいっ、がんばります」

敬礼をしそうな勢いで、輪はぴしっと背筋を伸ばした。

輪には、お客様に一生忘れられない旅を提供するという、大きな目標がある。その目標を叶えて、一流の旅行プランナーになるための、今回は第一歩だ。やっとスタート地点に立てたことが、嬉しくてたまらなくて、輪はいてもたってもいられなくなった。

「あの…っ、所長、昼休憩に出てもいいでしょうか」

「ん？　おお、引き止めてすまなかった。いつもの蕎麦《そば》屋だろう。ゆっくりしてこい」

「はい。ちょっと行ってきます」

輪は私用の携帯電話を片手に、従業員しか使わない裏口のドアから、慌てて営業所を出た。自分が夢に一歩近付いたことを、今すぐ伝えたい人がいる。輪は名札をスーツの上着のポケットに忍ばせて、ランチでよく利用する蕎麦屋へと歩きながら、国際電話をかけた。

『——Servus,Rin?（もしもし、輪かい？）』

日本から遙《はる》か遠く、空を越えて、オーストリア訛《なま》りのドイツ語が聞こえる。ドイツとオーストリアに挟まれた国、ネーベルブルクの公用語だ。輪は電話を握り締めて、大きく頷いた。

「はい…っ！　レオンさん、こんにちは。いつもメールありがとうございます」

『やあ。輪の声を聞くのは、君が無事に日本に帰国したと、連絡をもらって以来だね。随分《ずいぶん》時間が経ったような気がするよ』

代々の当主が所有する城で暮らす、輪の恋人。メールは毎日交換しているけれど、彼の声を聞くと寂しくなる気がして、電話はなるべく控えていた。二人でこうして話すのは久しぶりだ。

『どうしたんだい？　こんな時間に。君専用の着信音が鳴って、驚いて飛び起きてしまった』

あっ、と輪は短い声を上げた。日本とネーベルブルクの時差は、マイナス約八時間だ。東京がちょうど正午だから、レオンの城がある首都は今――。頭の中で計算をして、電話の向こうが早朝だったことに気付いて、輪はあたふたした。

「す、すみません！　時差も考えずに、僕……っ。レオンさん、ぐっすり寝てました、よね？」

『ああ。とてもいい夢を見ていたよ』

「すみませんでした！　後でかけ直します！」

輪が顔を真っ青にして謝ると、レオンは耳をくすぐるような声で、ふふ、と笑った。

『夢の中で君とデートをしていたんだが、目が覚めたら、本物の君から電話があった。こんなに幸福な午前四時を、私は今まで経験したことがない』

「レオンさん――」

『輪、心細い声で私の名を呼ばないように。君のことが心配になるじゃないか』

「レオンさんは、僕のことを、叱らないんですか」

『恋人の電話を叱る人間がいるのか？　私はいつでも君の声を聞きたいし、君にも同じ想いでいてほしいと思っているよ』

一万キロ近い距離を越えて、レオンが囁く言葉は、とても甘い。輪は通りすがりの小さな路地に入ると、誰もいないビルの陰に隠れて、耳朶《みみたぶ》をぽっぽっと熱くしながら囁いた。

「僕も今すぐ会いたいです。あの、急に電話をして、すみません。本当は直接会ってお話ししたいんですけど、どうしてもレオンさんに、伝えたいことがあって」

『何かな。君の声の様子だと、とてもいいニュースのようだが』

「はいっ。レオンさん、僕が立てた豪華列車の旅行プランが、正式に採用されることになったんです。それも僕の会社の本社で、キャンペーンを張って売り出すって」

『それは――、すごいじゃないか、輪。おめでとう』

「ありがとうございます！　さっき上司から聞いたばかりで、まだ嘘みたいで、どきどきしています。一番にレオンさんに、このことを知らせたくて」

『一番だなんて、とても光栄だ。まるで自分のことのように嬉しいよ。君のプランナーとしての力を、認めてもらえたんだね』

「まだまだ、ひよっ子ですけど、でも、これをチャンスにしたいです。レオンさんが僕を、ダイヤモンド・エクスプレスに乗せてくださったから、いい旅行プランを立てることができました。今回のことは、全部レオンさんのおかげです。何てお礼を言ったらいいか」

『輪、私は何もしていない。君が認められたのは、ひとえに君の努力の賜物《たまもの》だ。もっと自信を持つべきだよ』

「レオンさん……、はい。ありがとうございます」

輪はとても面映《おもは》ゆい気持ちで、鼻の頭を指で擦った。遠く離れていても、レオンは輪を励ます言葉を、惜しみなく与えてくれる。彼の声を聞いていると、恋しさがつのっていくのを抑えるのが、とてもつらい。すると、電話の向こうで、レオンはいっそう声を甘くして囁いた。

『輪、祝福の乾杯は、シャンパーニュがいいかい？　最上のプレスティージュを用意させてもらうよ』

「え？」

『プランナーとしてがんばっている君に、私から敬意を表したい。今度日本で、私とグラスを交わしてほしいんだ』

「は、はい。でも、日本で、って……」

『ニューイヤーを過ぎた頃に、仕事でそちらへ発つことになった』

「ええっ!?　レオンさん、ほ…っ、本当ですかっ？」

『ああ。君に会いに行くよ、輪』

輪の鼓動が、ひといきにピッチを上げる。今日一日で、一年分の幸運が輪のもとにやって来たのかもしれない。

『前に言っていた、新幹線の視察の話が具体化してね、そちらの鉄道会社がレセプションを開いてくれるそうなんだ。君に連絡しようと思っていたら、先に電話をもらって驚いたよ。私たちが深く結ばれている証拠だね』

「僕と、レオンさんが。レオンさん——、本当にあなたに、会えるんですね。もっと先のことだと思ってた……。どうしよう、嬉しいです、とても」

『私の方こそ。早くこの腕で、君を抱き締めたい』

「はい……っ！」

嬉し過ぎて、輪は泣いてしまいそうだった。ヨーロッパ各国にオフィスを持ち、いくつもの鉄道会社とデザイナー契約を交わしているレオンは、休暇を取ることもままならない。母国を代表する伯爵家の当主としての務めもあり、社交界でも多忙を極めている。それなのに、少ない時間を縫って彼が日本まで来てくれるなんて、輪は夢を見ているようで眩暈《めまい》がした。

『詳しい日程は、後でメールをしておくよ。輪、君が素敵な人だから、私はますます、君が恋しくなった』

「レオンさん」

『君に会うまで、一日を倍の長さに感じてしまいそうだ。愛しているよ、輪』

レオンの吐息と、耳元で聞こえた、ちゅ、という小さな音。輪は頬を赤くして、辺りに人がいないことを確かめてから、自分も電話に唇を寄せた。

「僕も、レオンさんのことが大好きです」

ビルに切り取られた、都心の冬空を見上げながら交わすキス。遠くレオンが暮らす国まで続く空が、恋を運んでくれると信じて、輪は胸の奥をときめかせた。

帰省シーズンのピークを越えた、一月の半ば。忙しい土曜日に半休を取って、輪は東京駅に降り立った。今日ネーベルブルクから来日するレオンと、ホームで待ち合わせをしている。

首から提げた愛用のカメラと、時刻表を入れた斜め掛けのバッグ。オタクらしいいつもの出で《い》立ちで、『撮り鉄』の輪がまず一番にすることは、カメラのシャッターを切ることだ。待ち合わせ場所の東北新幹線のホームには、『はやぶさ』や『こまち』が分刻みで停車していて、輪のテンションが否応《いやおう》なく上がっていく。

「昨夜は興奮してよく眠れなかった。レオンさんの新幹線の視察に、僕も同行させてもらえるなんて、嬉しいな」

乗降客で賑わうホームに佇《たたず》んでいると、レオンと偶然出会った、パリ北駅のことを思い出す。ダイヤモンド・エクスプレスを初めて目にしたあの日、警備員に捕《と》らえられて困っていた輪を、レオンが助けてくれた。あれからずっと夢の中にいるようで、輪は高鳴って仕方ない胸に、カメラを抱き締めた。

「レオンさん、まだかな――」

二時間ほど前、無事に成田空港に着いたと、レオンから連絡があった。今日はこれから『やまびこ』に乗り、栃木県の小山《おやま》駅で下車してから、その街にある車両基地へと向かう。基地で列車の組成やメンテナンスを見学して、帰りに埼玉県の鉄道博物館へ立ち寄る予定だ。

八時間も時差のある長旅で疲れているだろうに、レオンは日本の鉄道会社の熱烈な歓迎を受けて、レセプションに出席した後この東京駅に駆け付ける。輪も午前中は仕事で、職場から直接ここへ来たせいで、空港まで彼を迎えに行けなかった。

レオンが来るのを今か今かと待っていると、ルルルル、とホームにベルが響き渡った。十三時二十五分発、仙台《せんだい》行、やまびこ２０７号。輪とレオンが乗る新幹線が、ホームにゆっくりと入ってくる。グリーンとホワイトのツートンカラーに、ピンクのライン。ノーズの長いその新幹線の登場に、まるでタイミングを合わせたように、近くにあったエレベーターの扉が開いた。

「あ……っ」

扉の向こうから降りてくる、外国人のスーツの一団。彼らを先導しているのは、鉄道オタクが憧《あこが》れる、金色の二本線の制帽をかぶった東京駅の駅長と、駅員たちだ。よく目立つその人々の中に、亜麻色《あまいろ》の髪をした長身の紳士を見付けて、輪は思わず手を振った。

「レオンさん！」

「――輪」

手を振り返してくれたレオンは、隣にいた秘書らしい人と言葉を交わすと、輪の方へとまっすぐに駆け出した。

三ヶ月ぶりに見た彼の姿は、上品なスーツにロングコートを纏《まと》って、相変わらず麗《うるわ》しい。ホームを歩いていた二人連れの女性客が、ハンサムな彼の横顔にうっとりと釘付けになっている。

「輪、会いたかった。元気だったかい？」

「はいっ」

笑顔のレオンを見上げて、輪は頷いた。再会に胸がいっぱいで、唇が震えて、うまく話せない。

「レオンさんも、お元気そうで、何よりです」

「日本へ発つために、風邪一つ引かないように気を付けていたんだ。……ああ、本当に君が、私の目の前にいる。嬉しくてたまらないよ」

ダイヤモンド・エクスプレスで旅をした時と同じ、甘く蕩《とろ》けるような眼差《まなざ》しで、レオンは輪を見つめている。今すぐコートの胸に顔を埋めて、思い切りレオンのことを抱き締めたい。でも、傍《かたわ》らにたくさんの人を従えている彼に、そんなことはできなかった。

「輪、紹介する。私の秘書と、オフィスで働いているスタッフたちだ。優秀なトレイン・デザイナーの卵だよ」

「は、はじめまして。旅行プランナーの七尾輪です。遠い日本へ、ようこそいらっしゃいませ」

「はじめまして。閣下の大切なご友人の方だと聞いています」

「ダイヤモンド・エクスプレスの火災の一件では、ご活躍をされたとか。あなたのことを尊敬しています」

「いいえ、僕は何も。活躍をされたのは、みなさんのボスのレオンさんですよ」

輪は恐縮しながら、レオンの若いスタッフたちと握手を交わした。輪と同年代の人ばかりなのに、立派なボスを持つ彼らは、物腰が落ち着いていて洗練されている。輪が気後《きおく》れをしていると、ルルルル、とまたホームのベルが鳴った。

「ネーベルヴァルトさん、そろそろご出発の時刻です。どうぞご乗車ください」

「ありがとう。——さあ輪、行こうか」

「はい」

駅長が直々に、レオンと輪を乗車口まで案内してくれる。二人が『やまびこ』のデッキに乗り込むと、間もなくドアが閉め切られ、ホームの光景が遠くなった。レオンのスタッフたちに見送られて、『やまびこ』はゆっくりと東京駅を出発した。

「やっと君と二人きりになれた。いいと言ったのに、みんなが見送ると言ってきかなくてね。レセプションの会場からついてきたんだ」

デッキに立ったまま、レオンが小さく苦笑する。彼と二人になった途端《とたん》、輪は車両の揺れに煽《あお》られるように、胸の鼓動を大きくした。

「お仕事で大変なのに、レオンさんを独り占めして、みなさんに叱られてしまいますね」

「違うよ、私が君を独り占めしたいんだ。輪、君の顔をもっとよく見せて。君の円《つぶ》らな黒い瞳を、どれほど恋しく思っていたことか」

「レオンさん……」

輪も、レオンの美しい翡翠《ひすい》色の瞳が恋しかった。一心に彼を見上げていると、コートの長い腕が伸びてきて、輪の体を優しく抱き締める。

「あ…っ」

レオンの温もりに包まれて、輪は一瞬、ここが新幹線の中だということを忘れた。唇を奪おうとするレオンに、抗《あらが》うことができない。乗客がいつ通るかも分からないデッキで、自分からも唇を寄せて、夢中でキスを求め合う。

「ん……、んん、ふ……っ」

柔らかな恋人の唇がいとおしい。レオンとずっと、こうしたかった。ダイヤモンド・エクスプレスの旅が終わり、日本に帰ってからも、彼に触れたくてたまらなかった。

「輪、君は罪な人だ。場所も弁《わきま》えずに、私にこんな不作法をさせるなんて」

キスを解いたレオンが、翡翠色の瞳を切なく揺らして囁いている。同じように揺れる自分の瞳を、瞬きの奥に隠して、輪ははにかんだ。

「僕も、レオンさんに出会うまで、自分にこんなことができるなんて、思いもしませんでした」

内気な鉄道オタクで、恋愛にも晩生《おくて》だった輪を、レオンは大胆にさせる。もう一度キスがしたくて、コートの背中を握り締めた輪に、彼はさっきよりも熱い唇を重ねてきた。

「ん…っ、んぅ……っ」

スピードを上げて、東京の都心を離れていく新幹線の車窓に、一つのシルエットになった二人の姿が映っている。ダイヤモンド・エクスプレスに乗った時は、ウェルカムパーティーで旅が始まった。今日の二人きりの時間の始まりは、情熱的なキスだ。

ひとしきり唇を交わして、潤んだ瞳で見つめ合いながら、再会の喜びを噛み締める。いつまでもこうしていたい気持ちをこらえて、輪はレオンを抱き締めていた腕を解いた。

「あの…っ、席の方へ、ご案内しますね。レオンさん疲れているでしょう。足を休めてください」

「ありがとう、優しい輪。キスはまた後で」

名残《なごり》惜しそうに、ちゅ、と輪の頬を啄《ついば》んでから、レオンも輪の体を離す。デッキから客室へ通じるドアが開いて、革張りの三列シートの、ゆったりとした座席が二人を出迎えた。東北新幹線が誇るラグジュアリー車両、その名も『グランクラス』だ。

二人が座席に腰を落ち着けると、女性のアテンダントがおしぼりを持ってきてくれる。早速《さっそく》日本式のおもてなしを体験して、レオンは顔を綻《ほころ》ばせた。

「これは気持ちがいい。リラックスできるね」

「はい。細やかなサービスが、とても人気の車両なんです。何か飲み物はいかがですか？」

グランクラスはグリーン車よりもサービスが充実していて、フリードリンクや軽食のオーダーができる。ご満悦なレオンにはハーブティーを、自分には紅茶をオーダーして、輪は手持ちのバッグからファイルに入れた冊子を取り出した。

「レオンさん、これはいつも僕がお客様に差し上げている、旅のパンフレットです。よかったら読んでください」

「おもしろそうだね。表紙がこの新幹線の写真だ」

「今日は日帰りの短い旅行ですけど、行き帰りに使用する鉄道や、沿線の情報、立ち寄り先の見どころなどを纏めてあります」

「旅行者にとても親切なサービスだ。もしかしてこれは、君の手作り？」

「はい。僕は海外の新婚旅行を多く担当しているので、外国へ出るのが初めてのお客様に、よくご相談をいただくんです。お客様が旅先で不安にならないように、なるべくたくさんの現地情報を集めて、自分でパンフレットを作るようにしています」

「そうか、私にとっては、日本は海外だからね。熱心な君らしい仕事ぶりだ。これは今日の記念に、大事に読ませていただくよ」

レオンはパンフレットのページを嬉しそうにめくって、そう言った。彼の笑顔を見ていると、輪も胸がほわりと温かくなる。

今回はレオンに行きたい場所を事前に聞いて、輪が旅行プランを立てた。たとえ半日の短い旅でも、旅慣れているレオンが、輪を信頼してプランを任せてくれたことが、とても誇らしい。

「レオンさん、今日はスタッフのみなさんの分も、チケットを手配しなくてよかったんですか？せっかくこの『やまびこ』を視察してもらえるチャンスだったのに」

「駄目だよ。私は君と二人きりで過ごしたいんだから。お邪魔虫にまで、君がサービスをしなくていい」

「邪魔だなんて、そんな」

「ふふ。君は優しいな。彼らは今日は東京に残って、私の代理で商談を進めるんだ」

「商談？」

「ああ。詳しいことが明らかになってから、君にも内容を話そう。――輪、仕事の話はこれで終わりだよ。今日の私は、純粋なオフだ。君と二人きりでデートができて、とても嬉しい」

「で、デート、ですか…っ」

ぼっ、と火がついたように、輪の頬が真っ赤に染まった。恋の経験がなかった輪は、初めての恋人のレオンに、デートと言われただけで照れてしまう。

「すみません。僕は、真面目な新幹線の視察だとばかり、思っていました」

トレイン・デザイナーのレオンは、ダイヤモンド・エクスプレスでボヤ騒ぎがあった時に、日本の新幹線の安全性と快適性を研究したいと言っていた。仕事に真摯《しんし》なデザイナーの一面と、厳格な伯爵家の当主の一面を併《あわ》せ持つ彼の瞳は、今は輪にだけ向けられている。蜜のように蕩けた彼の眼差しに魅《み》せられて、輪は、どきんっ、と胸を鳴らした。

「君と一緒なら、どこで何をしていてもデートだよ。秘書に無理を言って、一日だけでもオフを作ってよかった。輪のこんなにかわいい顔を見られたからね」

輪にだけ聞こえる声で囁きながら、レオンが長い指を伸ばしてくる。するりと頬を撫でられて、輪のそこはますます赤く火照《ほて》っていった。

「恥ずかしがりの私の恋人。本当に君に会いたかった。私は今、とても幸せだよ」

「レオンさん、僕……っ、僕も、同じです。カレンダーにしるしをつけて、レオンさんが日本に来る日を、ずっと待っていました」

「輪。君との再会を神に感謝する。私のことを待っていてくれて、ありがとう」

レオンは膝の上に置いていた輪の手を取って、まるでキスをするように、そっと握り締めた。周りの座席の乗客たちは、ヘッドホンで音楽を聴いたり、車窓の景色を眺めたりして、二人が触れ合っていることに気付いていない。輪は抑え切れないいとおしさに突き動かされるまま、レオンの手を、強く握り返した。


寛《くつろ》いだ新幹線のひとときを終え、車両基地と鉄道博物館を見学した二人は、遅い時間に東京へと戻った。地上三十階の高層ホテルの部屋から見る空は、もうすっかり暗くなっていて、銀河を敷き詰めたような都心の夜景が眼下に広がる。

輪が予約をした、東京駅の何十本ものホームを見下ろせるホテルを、レオンはとても喜んでくれた。夜になっても、東へ西へ、新幹線も在来線も絶え間なく動いている。夜景の一部となったたくさんの列車の明かりを、シャンパンの泡の向こうに映しながら、輪とレオンは乾杯をした。

「とても楽しい一日だった。君はやっぱり、素晴らしいプランナーだね」

「そんな…、ありがとうございます。他にもテーマパークとか、温泉とか、レオンさんを連れて行きたいところはたくさんあったんですけど、オタク顔負けの、鉄道一色の一日でしたね」

「私の希望通りだ。君をダイヤモンド・エクスプレスに誘ったように、今日は君と日本の鉄道を堪能《たんのう》したかった。好きなものが共通しているというのは、素敵なことだよ」

「はい。鉄道博物館で一八〇〇年代のSLを見た時の、レオンさんの子供みたいな顔を、僕は絶対忘れません」

「君こそ、車両基地で清掃車の写真ばかり撮っていたじゃないか。随分マニアックな趣味だ」

「清掃車や整備車は、普段はなかなか見られないレアものですから。お土産の模型もたくさん買えて、楽しかったなあ」

ルームサービスのオードブルが並ぶテーブルには、二人で買った鉄道模型が置いてある。レオンはSLと、新幹線の模型が特にお気に入りで、自分のオフィスに飾りたいらしい。輪は彼が一番好きだと言った、今日乗った『やまびこ』の模型に目をやった。

「この『やまびこ』は、パリのオフィスに飾ろう。私が君と、運命の出会いを果たしたのも、パリだったから」

グラスを模型へと差し向けて、レオンは囁くようにそう言った。二人で並んで腰掛けたリビングのソファに、間接照明のランプの灯が揺れている。柔らかなその明かりの下で聞く、レオンの甘い声と、極上のシャンパンの香りに、輪はうっとりと酔った。

そのシャンパンは、二人の再会と、輪の旅行プランが本社に採用されたことを祝って、レオンがプレゼントしてくれたものだ。誰よりも優しい彼との出会いは、輪にとっても運命で、二度とない奇跡に違いなかった。

レオンとグラスを重ねるたび、楽しかった二人の一日は終わりに近付いていく。輪は心の中で、ずっとレオンのそばに寄り添っていたいと思った。でも、彼が日本に滞在できるのはほんの数日で、明日からは大阪や福岡の方まで視察の足を伸ばし、鉄道会社と商談を重ねるという。

「レオンさんとまた会えたのに、一緒に過ごせるのは、今日だけですね。――楽しい時間って、本当にあっという間に終わってしまうんだ」

正直な気持ちを言葉にすると、胸に寂しさが押し寄せてきて、輪は俯《うつむ》いた。そのまま顔を上げることができなくなって、黙り込んでしまう。胸をしくんと痛ませる切なさを、ダイヤモンド・エクスプレスを降りる時も味わった。レオンに出会わなかったら、きっと知らずにいられた痛み。どんなに我慢しようと思っても、レオンとまた離れればなれになるのが、寂しくて仕方ない。

「お仕事を済ませて、日本を発つ時は、連絡してくださいね。空港まで見送りに行きますから」

なるべく明るい声を出そうとして、失敗した。細く掠れた輪の声は、泣き出す前の子供のように不安げだった。

「輪……」

ソファの隣から、レオンの大きな手が伸びてきて、輪の頬を包み込む。ダイヤモンド・エクスプレスで、何度も輪を救ってくれた、彼の温もり。心の中を見透かす彼の眼差しが、翡翠色の美しい光を纏って、潤んだ輪の瞳を射貫《いぬ》いた。

「今日、東京駅のホームで君の姿を見た時、私の幸福は、ここにあると思った」

「レオン……さん……」

「輪。日本とヨーロッパは遠く離れていても、私たちは、けして独りじゃない」

涙が零《こぼ》れ落ちてしまう前に、震える瞼へと、レオンのキスが舞い降りる。短い再会に揺れる恋心ごと、レオンは輪の体を抱き締めた。

「私の胸の奥は、君でいっぱいだ。世界中のどこにいても、君は私の、帰る場所だよ」

吸い込まれそうなほど澄んだ彼の瞳が、輪の瞳の間近で瞬きをする。

帰る場所——輪にとって、レオンがそうだ。輪が声もなく頷くと、レオンはいっそう眼差しを深くした。

「私はまた、ここへ戻ってくる。愛する君を抱き締めるために。約束だ」

「はい。約束、ですよ。レオンさん。レオンさん……っ」

泣き声に変わっていく自分の声を聞きながら、輪はレオンを抱き締め返した。窓の向こうの東京の夜景は、瞼に隠れてもう見えない。輪はもっとレオンに触れたくて、自分から彼の唇に、唇を重ねた。

「……ん…っ、んぅ――」

息継ぎもままならない、輪のへたくそなキスを、レオンが吐息を震わせて喜んでいる。柔らかな彼の舌先に唇を開かれ、歯列をなぞられて、輪の体を甘い官能が駆け抜けた。

舌と舌で感じ合う、情熱的なキス。いっときも離れたくない。そう伝えるように、輪を貪るレオンのキスは、途方もなく熱かった。搦《から》め捕《と》られた舌先を、懸命に動かしているうちに、輪の体じゅうから力が抜けていく。

「ふ……、んん……っ、は、あ……っ」

ぐらりと強い眩暈がして、輪は怖くて、レオンの服を握り締めた。キスで蕩けた体が、逞《たくま》しい腕に抱き上げられる。涙で濡れた輪の瞼を、唇で封じながら、レオンはソファを離れた。

「おいで、輪」

静かな寝室へと運ばれた輪は、横たえられたベッドの上で、もう一度キスを求めた。レオンの唇に呼吸を奪われ、早鳴りする心臓の音に無我夢中になっているうちに、シャツのボタンを一つずつ外されていく。

シャツを脱がし切らずに、スラックスのベルトを緩めたレオンの性急さが、輪はいとおしかった。はだけた胸に彼の唇を迎えて、赤い痕が残るように、何度もキスを誘う。敏感な肌に歯を立てられ、乳首を舌先でくすぐられて、輪は短い息を漏らした。

「ん…っ、は…っ、ああ……」

胸に散らされた花のような痕から、じんじんと熱が伝わり、輪の全身を包んでいく。スラックスの奥で、あっという間に固く膨《ふく》らんでいく自身を、輪はどうすることもできなかった。レオンの手が的確にそこを捕らえて、下着ごと揉みしだく。あまりに強い快感に戦慄《わなな》いて、輪は逃げるように体を捩《よじ》った。

「や――、レオンさん……っ」

ベッドに俯《うつぶ》せになっても、レオンの手は追ってきて、下着の中へと指を滑り込ませてくる。細い背中越しに、輪は彼の重みを感じながら、いやらしく動く彼の指先に翻弄《ほんろう》された。

「あ…っ、ああ……、はぁ……っ、んっ、んぅ……っ」

「輪、もうこんなに熱くして。いけない人だ」

「だって、レオンさんが――。あっ、あっ…！　強くしたら、駄目……っ」

くちゅっ、ずちゅっ、下着の中から聞こえる水音に、耳を焼かれる。ベッドヘッドへとずり上がろうとする輪の体は、いつの間にか四つん這いになっていて、扇情的《せんじょうてき》なポーズを作っていた。

「ああ……っ」

下着ごと脱がされたスラックスが、輪の膝に纏い付いて自由を奪う。沸騰しそうなほど滾《たぎ》っていた屹立を、レオンに指であやすように撫でられると、輪はがくがくと震えて蜜を零した。

「……ふ、あ……っ、んん……っ、んあぁ……っ。駄目、それ…っ、しないで、ああ、ん」

止められない輪の声を、ベッドの軋《きし》みが掻き消していく。蜜で濡れた指を、レオンは屹立の根元へと這わせて、足の間の奥の方まで伸ばしてきた。

びくん、と揺れた輪の腰を、彼のもう片方の手で摑まれる。恥ずかしい姿のまま、高く上げさせられた双丘の狭間《はざま》を、指が辿った。レオンが教えてくれた、彼と一つになれる場所へと、蜜が送り込まれていく。

「あ……！　ひぁ…っ、ああ……っ！」

乱れた自分の息遣い。ひどく欲情を駆り立てる指。レオンのそれを呑み込んで、輪の窄《すぼ》まりの奥が嬉しそうに痙攣《けいれん》する。

蜜を纏った関節に擦られて、粘膜が溶けていくのが分かった。レオンが指を動かすたび、輪の内側がとろとろにぬかるんで、嬌声《きょうせい》でも消せない淫らな水音が響き渡る。

「輪、このまま君を、愛させてほしい。もういくらも待てない」

「……レオンさん……」

レオンがスラックスの前を寛げて、隆々とした切っ先を、輪の腿の裏側へと押し当ててくる。

初めて見た、彼の野性的な仕草に、輪はどきんどきんと鼓動を鳴らした。

「僕——僕も、あなたが欲しい。独り占めに、させてください、レオンさんのことを」

「輪……、ああ、君を愛している」

レオンが輪の中から指を引き抜いたのと、キスを求めてきたのは、ほとんど同時だった。顔だけを後ろへと向けて、嚙み付くような彼のキスに応える。激しく舌を絡め合い、本能的な涙を瞳

に浮かべながら、輪は自分を貫《つらぬ》いていく衝撃を受け止めた。

「――んん……っ、んく……っ」

レオンの熱を直に感じて、息もできないほどなのに、嬉しくてたまらない。体の奥と、口の中を同じリズムで掻き回されて、視界が真っ白になっていく。

「んっ、ふ、う…っ、はっ、…は……っ、あぁ、ん、んっ」

キスから漏れ出した悲鳴が、甘い喘ぎとなって室内を満たし、二人だけの濃密な空間へと変えた。もっと、もっと深く繋がって、レオンをもっと感じたい。

「ああ……っ、レオンさん、レオンさん――」

摑んだ腰を揺さぶられ、深いところまで屹立を埋められて、輪はシーツに突っ伏した。もうキスさえ続けられない。最奥《さいおう》を穿《うが》ったレオンが、輪を独り占めにして暴れている。たおやかで優しい彼が見せた、激しく雄々しい姿を、輪は陶酔《とうすい》のような眩暈の中で記憶に焼き付けた。

「あなたのことが、好きです」

私も、と答えたレオンの声は、繰り返される律動に乗って、輪の耳に届いた。

打ち寄せる波のように、互いの想いをぶつけ合って、果てていく。次に彼と抱き締め合えるのは、いつか。レオンの熱情に染め上げられながら、輪は何故だか、その日は遠くないような気がしていた。

◇

「はあっ、はあ…っ！　すみません、通してください、ごめんなさいっ」

混雑した成田空港のターミナルを、輪は出国ロビーを目指して走っていた。今日はレオンがヨーロッパへ発つ日。こんな大切な日に限って、職場の会議が長引き、輪は大慌てで電車に飛び乗った。駅から汗だくで駆け付けた輪を、レオンは一人、出国ロビーに佇んで待っていてくれた。

「輪。こっちだ」

「レオンさん！　よかった、間に合った――」

「見送りに来てくれてありがとう。仕事だったんだろう？　忙しいのに、悪かったね」

「いいえ…っ。レオンさんが出発する前に、どうしても、会いたかったから。レオンさんの方のお仕事は、無事に済みましたか？　他のスタッフのみなさんは…」

「ああ。部下たちは先に、出国手続きをしているよ。君に知らせたいことがあって、待っていたんだ」

息を弾ませている輪を、甘やかな瞳でいたわるように見つめながら、レオンは微笑んだ。旅立つこの瞬間にも、レオンは優しくて、輪の胸はきゅっと鳴った。

「こちらで商談を進めていた鉄道会社に、私は以前から列車のデザインを依頼されていてね。それを請け負う契約を、正式に締結したよ」

「えっ……？」

「デザイナー契約を交わすまで、守秘義務が課されていたから、君にも詳しいことは黙っていてすまなかった。私は今後、東京にオフィスを設《もう》けて、一年ほどこちらへ滞在する」

輪は驚いて、瞳を丸くした。レオンの言葉を頭の中で反芻《はんすう》して、唇を震わせる。

「レオンさんの造る列車が、日本の線路を、走るんですか？　…で、でも、一年も、こっちになんて…っ。伯爵家の当主のレオンさんが、長い間お城を空けるのは、よくないことなんじゃ……」

「確かに、家の者は猛反対していたが、説得して私の意志を貫かせてもらった。鉄道を愛する君のそばで、デザイナーの腕を振るいたい。君と一緒にいたいんだ」

揺るぎないレオンの言葉に、輪は心を揺さぶられた。彼の愛は、なんて強く、大きいんだろう。

「僕の、ために。本当に、レオンさんと一緒にいられるんですね。夢じゃないって、言って、ください」

「夢ではないよ、輪。いったんヨーロッパに戻るが、オフィスを新設する準備を整えて、こちらへ帰ってくる。またすぐに、君に会える」

「レオンさん…っ。僕、待っていますから。レオンさんのことも、レオンさんの造る列車も。いつかその列車に乗って、レオンさんと、旅がしたいです」

「ああ、私もその日が楽しみだ。誰よりも大切な、私の輪。今度会う時は、けして君を泣かせたりしないよ」

レオンにそう言われて、輪は自分が泣いていることに気付いた。人のたくさん行き交うロビーで、みっともない。でも、嬉しくて溢《あふ》れてくる涙は、温かく輪の頬を濡らして、幸福な笑みへと変わっていった。

END

あとがき

こんにちは、御堂なな子です。このたびは『ダイヤモンド・エクスプレス ～伯爵との甘美な恋～』をお手に取っていただきまして、ありがとうございます。

今回のテーマは鉄道ボーイズラブ！　いつか書けるチャンスが巡ってくるといいなあと思っていた、豪華列車が舞台の物語です。嘘みたいに幸運な出会いから始まる物語で、私自身とても楽しんで書くことができました。

念願のテーマだったので、少しでもおもしろい物語にしたくて、また『出会うはずのない主人公たち』に登場してもらいました。華麗な伯爵様と奥ゆかしい鉄道オタク……。最近は、登場人物がありえなければあり得ないほど、プロットがはかどります。

今回の主人公たち、輪とレオンは、二人とも好きなことを職業にしたという、大きな共通点があります。これはとても幸せなことだと思います。輪はおとなしい性格ですが、自分の仕事を向上させるために、遠いヨーロッパへ勉強しに行くほど、情熱的な部分を秘めている人です。レオンがまず魅かれたのは、多分輪のそういうところで、イエスマンに囲まれて若干人間不信になっていた彼にとっては、とても刺激的であり、同時に救世主でもあったと思います。

はっきりとした身分差のある人たちが、互いのことを気にかけて、魅かれ合って、恋をしていく過程は、何度書いても難しくて、書き慣れるということがありません。そのおかげで毎回、新鮮な気持ちで執筆に取り組めてはいるのですが、形にするのは本当に難しい。いつも悩むのは、圧倒的にステイタスの高い攻めが、ごくごく平凡な受けに想いを寄せていくための、説得力をどう持たせるかという点です。

どんなに偉くて素敵な攻めでも、受けに対してひれ伏している部分や、敵わない部分があってこそ、恋に発展するのではないかな、と思っています。ですので、受けのキャラクターを考える時は、なるべく『心のステイタスが高い人』になるように気を付けています。逆に攻めのキャラクターは、身分や地位などの外側を作ってから、中身を盛り込んでいくことが多いです。

ちなみに、レオンの母国ネーベルブルクや、代々オーストリア大公の宰相の家柄という設定は、全部架空のものですので、ご注意ください。夢の豪華列車ダイヤモンド・エクスプレス（もちろんこれも架空です）ともども、キラキラした雰囲気をお楽しみいただけたら幸いです。

今回は鉄道ボーイズラブということで、あまり聞き慣れない単語もいくつか出しました。レオンの職業、トレイン・デザイナーは、工業製品をデザインするインダストリアル・デザイナーに分類されるそうです。あまりぴんとこない職業ですが、私たちが生活の中で使っているもののほとんどはデザイン化されていて、身近な乗り物もその一種です。

私自身は鉄道オタクではないのですが、新幹線を見るのが好きで、帰省の際に東京駅の東海道新幹線ホームに並ぶ『のぞみ』や『ひかり』を目にすると、とてもテンションが上がります。子供の頃は乗り物酔いが激しくて、新幹線も在来線もバスも自家用車も、座席が揺れるものは全部苦手でした。大人になって食べ物の好みが変わるように、本当に成人した頃を境に、乗り物酔いをほとんどしなくなったんです。とても不思議な現象だったんですが、それからは、新幹線を使う遠出の旅行も、だんだん楽しめるようになりました。

余談ですが、短編で輪とレオンが東北新幹線の『グランクラス』に乗るシーンを書いていて、すごく羨ましかったです。一度体験してみたいと思いつつ、まだ実現していません。日本でダイヤモンド・エクスプレス気分を味わえるのは、JR九州の『ななつ星』でしょうか。客室によっては、こちらも倍率が非常に高いようで、当分はネットの乗車記を読んで我慢することにします。

鉄道好きの夢をいっぱい詰め込んだ今回の物語に、素晴らしいイラストを提供してくださった明神翼先生。このたびはお忙しい中ありがとうございました！　紺碧のダイヤモンド・エクスプレスまで描いていただけて、望外の幸せです。麗しく気高い伯爵家の当主のレオンが、ナチュラルなかわいさを持つ輪を攫っていく、明神先生のカバーイラストの二人こそ、この物語そのものです。本当にありがとうございました！

担当様、今回もいろいろとお手をわずらわせてしまって、すみませんでした。鉄道オタクのプロットにOKが出るとは思っていなかったので、嬉しい半分すごくびっくりしました。ここ何冊か地位も権力もお金もある攻めキャラが続いているので、そろそろネタが尽きそうです。また相談にのっていただけると嬉しいです。よろしくお願いいたします。

Yちゃん。鉄道の乏しい場所に生まれて、今も鉄道の乏しい場所で暮らしている私ですが、願望だけで一冊本が書けることが判明しました。飛行機に比べて鉄道は移動に時間がかかるけど、それもまた魅力的ですよ。

いつもこっそり応援してくださっているみなさん、今回も私の趣味に付き合ってくださって、ありがとうございました。数年前まで、一つのジャンルしか書けなかったのに、今は少しずつ書けるものが増えてきました。これからも見守っていただけると嬉しいです。それから、久しく一緒に旅行をしていない、家族。私にとっては帰省イコール旅行の距離ですが、今度どこかへみんなで行きましょう。もちろん鉄道を使って。

最後になりましたが、読者の皆様、ここまで読んでくださってありがとうございました！　少しでもみなさんのお心に残るものがあれば幸いです。これからも楽しく自分らしい作品を目標にがんばっていきますので、どうぞよろしくお願いいたします。

それでは、次の作品でまたお目にかかれることを、心から願っております。

御堂なな子

◆初出一覧◆

ダイヤモンド・エクスプレス　～伯爵との甘美な恋～　／書き下ろし

伯爵との秘密の休日　／書き下ろし

ビーボーイノベルズをお買い上げ
いただきありがとうございます。
この本を読んでのご意見・ご感想
をお待ちしております。

〒162-0825 東京都新宿区神楽坂6-46
ローベル神楽坂ビル５階
リブレ出版㈱内 編集部

リブレ出版WEBサイトでアンケートを受け付けております。
サイトにアクセスし、TOPページの「アンケート」から該当アンケートを選択してください。
ご協力をお待ちしております。

リブレ出版WEBサイト　http://www.libre-pub.co.jp

BBN B•BOY NOVELS

ダイヤモンド・エクスプレス ～伯爵との甘美な恋～

2014年11月20日　第1刷発行

著者――御堂なな子

発行者――太田歳子

発行所――リブレ出版株式会社

〒162-0825 東京都新宿区神楽坂6-46ローベル神楽坂ビル
営業　電話03(3235)7405　FAX03(3235)0342
編集　電話03(3235)0317

印刷所――株式会社光邦

乱丁・落丁本はおとりかえいたします。
定価はカバーに明記してあります。

この書籍の用紙は全て日本製紙株式会社の製品を使用しております。

Printed in Japan
ISBN 978-4-7997-2452-1